STORIA DELLA COLONNA INFAME

ALESSANDRO MANZONI

INDICE

INTRODUZIONE.

Ai giudici che, in Milano, nel 1630, condannarono a supplizi atrocissimi alcuni accusati d'aver propagata la peste con certi ritrovati sciocchi non men che orribili, parve d'aver fatto una cosa talmente degna di memoria, che, nella sentenza medesima, dopo aver decretata, in aggiunta de' supplizi, la demolizion della casa d'uno di quegli sventurati, decretaron di più, che in quello spazio s'innalzasse una colonna, la quale dovesse chiamarsi infame, con un'iscrizione che tramandasse ai posteri la notizia dell'attentato e della pena. E in ciò non s'ingannarono: quel giudizio fu veramente memorabile.

In una parte dello scritto antecedente, l'autore aveva manifestata l'intenzione di pubblicarne la storia; ed è questa che presenta al pubblico, non senza vergogna, sapendo che da altri è stata supposta opera di vasta materia, se non altro, e di mole corrispondente. Ma se il ridicolo del disinganno deve cadere addosso a lui, gli sia permesso almeno di protestare che nell'errore non ha colpa, e che, se viene alla luce un topo, lui non aveva detto che dovessero partorire i monti. Aveva detto soltanto che, come episodio, una tale storia sarebbe riuscita troppo lunga, e che, quantunque il soggetto fosse già stato trattato da uno scrittore giustamente celebre (*Osservazioni sulla tortura*, di Pietro Verri), gli pareva che potesse esser trattato di nuovo, con diverso intento. E basterà un breve cenno su questa diversità, per far conoscere la ragione del nuovo lavoro. Così si potesse anche dire l'utilità; ma questa, pur troppo, dipende molto più dall'esecuzione che dall'intento.

Pietro Verri si propose, come indica il titolo medesimo del suo opuscolo, di ricavar da quel fatto un argomento contro la tortura, facendo vedere come questa aveva potuto estorcere la confessione d'un delitto, fisicamente e moralmente impossibile. E l'argomento era stringente, come nobile e umano l'assunto.

Ma dalla storia, per quanto possa esser succinta, d'un avvenimento complicato, d'un gran male fatto senza ragione da uomini a uomini, devono necessariamente potersi ricavare osservazioni più generali, e d'un'utilità, se non così immediata, non meno reale. Anzi, a contentarsi di quelle sole che potevan principalmente servire a quell'intento speciale, c'è pericolo di formarsi una nozione del fatto, non solo dimezzata, ma falsa, prendendo per cagioni di esso l'ignoranza de' tempi e la barbarie della giurisprudenza, e riguardandolo quasi come un avvenimento fatale e necessario; che sarebbe cavare un errore dannoso da dove si può avere un utile insegnamento. L'ignoranza in fisica può produrre degl'inconvenienti, ma non delle iniquità; e una cattiva istituzione non s'applica da sè. Certo, non era un effetto necessario del credere all'efficacia dell'unzioni pestifere, il credere che Guglielmo Piazza e Giangiacomo Mora le avessero messe in opera; come dell'esser la tortura in vigore non era effetto necessario che fosse fatta soffrire a tutti gli accusati, nè che tutti quelli a cui si faceva soffrire, fossero sentenziati colpevoli. Verità che può parere sciocca per troppa evidenza; ma non di rado le verità troppo evidenti, e che dovrebbero esser sottintese, sono in vece dimenticate; e dal non dimenticar questa dipende il giudicar rettamente quell'atroce giudizio. Noi abbiam cercato di metterla in luce, di far vedere che que' giudici condannaron degl'innocenti, che essi, con la più ferma persuasione dell'efficacia dell'unzioni, e con una legislazione che ammetteva la tortura, potevano riconoscere innocenti; e che anzi, per trovarli colpevoli, per respingere il vero che ricompariva ogni momento, in mille forme, e da mille parti, con caratteri chiari allora com'ora, come sempre, dovettero fare continui sforzi d'ingegno, e ricorrere a espedienti, de' quali non potevano ignorar l'ingiustizia. Non vogliamo certamente (e sarebbe un tristo assunto) togliere all'ignoranza e alla tortura la parte loro in quell'orribile fatto: ne furono, la prima un'occasion deplorabile, l'altra un mezzo crudele e attivo, quantunque non l'unico certamente, nè il principale. Ma crediamo che importi il distinguerne le vere ed efficienti cagioni, che furono atti iniqui, prodotti da che, se non da passioni perverse?

Dio solo ha potuto distinguere qual più, qual meno tra queste abbia dominato nel cuor di que' giudici, e soggiogate le loro volontà: se la rabbia contro pericoli oscuri, che, impaziente di trovare un oggetto, afferrava quello che le veniva messo davanti; che aveva ricevuto una notizia desiderata, e non voleva trovarla falsa; aveva detto: *finalmente!* e non voleva dire: *siam da capo;* la rabbia resa spietata da una lunga paura, e diventata odio e puntiglio contro gli sventurati che cercavan di sfuggirle di mano; o il timor di mancare a un'aspettativa generale, altrettanto sicura quanto avventata, di parer meno abili se scoprivano degl'innocenti, di voltar contro di sè le grida della moltitudine, col non ascoltarle; il timore fors'anche di gravi pubblici mali che ne potessero avvenire: timore di men turpe apparenza, ma ugualmente perverso, e non men miserabile, quando sottentra al timore, veramente nobile e veramente sapiente, di commetter l'ingiustizia. Dio solo ha potuto vedere se que' magistrati, trovando i colpevoli d'un delitto che non c'era, ma che si voleva[1], furon più complici o ministri d'una moltitudine che, accecata, non dall'ignoranza, ma dalla malignità e dal furore, violava con quelle grida i precetti più positivi della legge divina, di cui si vantava seguace. Ma la menzogna, l'abuso del potere, la violazion delle leggi e delle regole più note e ricevute, l'adoprar doppio peso e doppia misura, son cose che si posson riconoscere anche dagli uomini negli atti umani; e riconosciute, non si posson riferire ad altro che a passioni pervertitrici della volontà; nè, per ispiegar gli atti materialmente iniqui di quel giudizio, se ne potrebbe trovar di più naturali e di men triste, che quella rabbia e quel timore.

Ora, tali cagioni non furon pur troppo particolari a un'epoca; nè fu soltanto per occasione d'errori in fisica, e col mezzo della tortura, che quelle passioni, come tutte l'altre, abbian fatto commettere ad uomini ch'eran tutt'altro che scellerati di professione, azioni malvage, sia in rumorosi avvenimenti pubblici, sia nelle più oscure relazioni private. «Se una sola tortura di meno,» scrive l'autor sullodato, «si darà in grazia dell'orrore che pongo sotto gli occhi, sarà ben impiegato il doloroso sentimento che provo, e la speranza di ottenerlo mi ricompensa[2].» Noi, proponendo a lettori pazienti di fissar di nuovo lo sguardo sopra orrori già conosciuti, crediamo che non sarà senza un nuovo e non ignobile frutto, se lo sdegno e il ribrezzo che non si può non provarne ogni volta, si rivolgeranno anche, e principalmente, contro passioni che non si posson bandire, come falsi sistemi, nè abolire, come cattive istituzioni, ma render meno potenti e meno funeste, col riconoscerle ne' loro effetti, e detestarle.

E non temiamo d'aggiungere che potrà anche esser cosa, in mezzo ai più dolorosi sentimenti, consolante. Se, in un complesso di fatti atroci dell'uomo contro l'uomo, crediam di vedere un effetto de' tempi e delle circostanze, proviamo, insieme con l'orrore e con la compassion medesima, uno scoraggimento, una specie di disperazione. Ci par di vedere la natura umana spinta invincibilmente al male da cagioni indipendenti dal suo arbitrio, e come legata in un sogno perverso e affannoso, da cui non ha mezzo di riscotersi, di cui non può nemmeno accorgersi. Ci pare irragionevole l'indegnazione che nasce in noi spontanea contro gli autori di que' fatti, e che pur nello stesso tempo ci par nobile e santa: rimane l'orrore, e scompare la colpa; e, cercando un colpevole contro cui sdegnarsi a ragione, il pensiero si trova con raccapriccio condotto a esitare tra due bestemmie, che son due deliri: negar la Provvidenza, o accusarla. Ma quando, nel guardar più attentamente a que' fatti, ci si scopre un'ingiustizia che poteva esser veduta da quelli stessi che la commettevano, un trasgredir le regole ammesse anche da loro, dell'azioni opposte ai lumi che non solo c'erano al loro tempo, ma che essi medesimi, in circostanze simili, mostraron d'avere, è un sollievo il pensare che, se non seppero quello che facevano, fu per non volerlo sapere, fu per quell'ignoranza che l'uomo assume e perde a suo piacere, e non è una scusa, ma una colpa; e che di tali fatti si può bensì esser forzatamente vittime, ma non autori.

Non ho però voluto dire che, tra gli orrori di quel giudizio, l'illustre scrittore suddetto non veda mai, in nessun caso, l'ingiustizia personale e volontaria de' giudici. Ho voluto dir soltanto che non s'era proposto d'osservar quale e quanta parte c'ebbe, e molto meno di dimostrare che ne fu la principale, anzi, a parlar precisamente, la sola cagione. E aggiungo ora, che non l'avrebbe potuto fare senza nocere al suo particolare intento. I partigiani della tortura (chè l'istituzioni più assurde ne hanno finchè non son morte del tutto, e spesso anche dopo, per la ragione stessa che son potute vivere) ci avrebbero trovata una giustificazione di quella. — Vedete? — avrebbero detto, — la colpa è dell'abuso, e non della cosa. — Veramente sarebbe una singolar giustificazione d'una cosa, il far vedere che, oltre all'essere assurda in ogni caso, ha potuto in qualche caso speciale servir di strumento alle passioni, per commettere fatti assurdissimi e atrocissimi. Ma l'opinioni fisse l'intendon così. E dall'altra parte, quelli che, come il Verri, volevano l'abolizion della tortura, sarebbero stati malcontenti che s'imbrogliasse la causa con distinzioni, e che, con dar la colpa ad altro, si diminuisse l'orrore per quella. Così almeno avvien d'ordinario: che chi vuol mettere in luce una verità contrastata, trovi ne' fautori, come negli avversari, un ostacolo a esporla nella sua forma sincera. È vero che gli resta quella gran massa d'uomini senza partito, senza preoccupazione, senza passione, che non hanno voglia di conoscerla in nessuna forma.

In quanto ai materiali di cui ci siam serviti per compilar questa breve storia, dobbiam dire prima di tutto, che le ricerche fatte da noi per iscoprire il processo originale, benchè agevolate, anzi aiutate dalla più gentile e attiva compiacenza, non han giovato che a persuaderci sempre più che sia assolutamente perduto. D'una buona parte però è rimasta la copia; ed ecco come. Tra que' miseri accusati si trovò, e pur troppo per colpa d'alcun di loro, una persona d'importanza, don Giovanni Gaetano de Padilla, figlio del comandante del castello di Milano, cavalier di sant'Iago, e capitano di cavalleria; il quale potè fare stampare le sue difese, e corredarle d'un estratto del processo, che, come a reo costituito, gli fu comunicato. E certo, que' giudici non s'accorsero allora, che lasciavan fare da uno stampatore un monumento più autorevole e più durevole di quello che avevan commesso a un architetto.

Di quest'estratto, c'è di più un'altra copia manoscritta, in alcuni luoghi più scarsa, in altri più abbondante, la quale appartenne al conte Pietro Verri, e fu dal degnissimo suo figlio, il signor conte Gabriele, con liberale e paziente cortesia, messa e lasciata a nostra disposizione. È quella che servì all'illustre scrittore per lavorar l'opuscolo citato, ed è sparsa di postille, che sono riflessioni rapide, o sfoghi repentini di compassion dolorosa, e d'indegnazione santa. Porta per titolo: *Summarium offensivi contra Don Johannem Cajetanum de Padilla*; ci si trovan per esteso molte cose delle quali nell'estratto stampato non c'è che un sunto; ci son notati in margine i numeri delle pagine del processo originale, dalle quali son levati i diversi brani; ed è pure sparsa di brevissime annotazioni latine, tutte però del carattere stesso del testo: *Detentio Morae; Descriptio Domini Johannis; Adversatur Commissario; Inverisimile; Subgestio*, e simili, che sono evidentemente appunti presi dall'avvocato del Padilla, per le difese. Da tutto ciò pare evidente che sia una copia letterale dell'estratto autentico che fu comunicato al difensore; e che questo, nel farlo stampare, abbia omesse varie cose, come meno importanti, e altre si sia contentato d'accennarle. Ma come mai se ne trovano nello stampato alcune che mancano nel manoscritto? Probabilmente il difensore potè spogliar di nuovo il processo originale, e farci una seconda scelta di ciò che gli paresse utile alla causa del suo cliente.

Da questi due estratti abbiamo naturalmente ricavato il più; ed essendo il primo, altre volte rarissimo, stato ristampato da poco tempo, il lettore potrà, se gli piace, riconoscere, col confronto di quello, i luoghi che abbiam presi dalla copia manoscritta.

Anche le difese suddette ci hanno somministrato diversi fatti, e materia di qualche osservazione. E siccome non furon mai ristampate, e gli esemplari ne sono scarsissimi, non mancherem di citarle, ogni volta che avremo occasion di servircene.

Qualche piccola cosa finalmente abbiam potuto pescare da qualcheduno de' pochi e scompagnati documenti autentici che son rimasti di quell'epoca di confusione e di disperdimento, e che si conservano nell'archivio citato più d'una volta nello scritto antecedente.

Dopo la breve storia del processo abbiam poi creduto che non sarebbe fuor di luogo una più breve storia dell'opinione che regnò intorno ad esso, fino al Verri, cioè per un secolo e mezzo circa. Dico l'opinione espressa ne' libri, che è, per lo più, e in gran parte, la sola che i posteri possan conoscere; e ha in ogni caso una sua importanza speciale. Nel nostro, c'è parso che potesse essere una cosa curiosa il vedere un seguito di scrittori andar l'uno dietro all'altro come le pecorelle di Dante, senza pensare a informarsi d'un fatto del quale credevano di dover parlare. Non dico: cosa divertente; chè, dopo aver visto quel crudele combattimento, e quell'orrenda vittoria dell'errore contro la verità, e del furore potente contro l'innocenza disarmata, non posson far altro che dispiacere, dicevo quasi rabbia, di chiunque siano, quelle parole in conferma e in esaltazione dell'errore, quell'affermar così sicuro, sul fondamento d'un credere così spensierato, quelle maledizioni alle vittime, quell'indegnazione alla rovescia. Ma un tal dispiacere porta con sè il suo vantaggio, accrescendo l'avversione e la diffidenza per quell'usanza antica, e non mai abbastanza screditata, di ripetere senza esaminare, e, se ci si lascia passar quest'espressione, di mescere al pubblico il suo vino medesimo, e alle volte quello che gli ha già dato alla testa.

A questo fine, avevam pensato alla prima di presentare al lettore la raccolta di tutti i giudizi su quel fatto, che c'era riuscito di trovare in qualunque libro. Ma temendo poi di metter troppo a cimento la sua pazienza, ci siam ristretti a pochi scrittori, nessuno affatto oscuro, la più parte rinomati: cioè quelli, de' quali son più istruttivi anche gli errori, quando non posson più esser contagiosi.

---

1. *Ut mos vulgo, quamvis falsis, reum subdere*. Tacit. Ann. I, 39.
2. Verri, Osservazioni sulla tortura, § VI.

CAPITOLO UNO

La mattina del 21 di giugno 1630, verso le quattro e mezzo, una donnicciola chiamata Caterina Rosa, trovandosi, per disgrazia, a una finestra d'un cavalcavia che allora c'era sul principio di via della Vetra de' Cittadini, dalla parte che mette al corso di porta Ticinese (quasi dirimpetto alle colonne di san Lorenzo), vide venire un uomo con una cappa nera, e il cappello sugli occhi, e una carta in mano, *sopra la quale*, dice costei nella sua deposizione, *metteva su le mani, che pareua che scrivesse.* Le diede nell'occhio che, entrando nella strada, *si fece appresso alla muraglia delle case, che è subito dopo voltato il cantone*, e che *a luogo a luogo tirava con le mani dietro al muro. All'hora*, soggiunge, *mi viene in pensiero se a caso fosse un poco uno de quelli che, a' giorni passati, andauano ongendo le muraglie.* Presa da un tal sospetto, passò in un'altra stanza, che guardava lungo la strada, per tener d'occhio lo sconosciuto, che s'avanzava in quella; *et viddi*, dice, *che teneua toccato la detta muraglia con le mani.*

C'era alla finestra d'una casa della strada medesima un'altra spettatrice, chiamata Ottavia Bono; la quale, non si saprebbe dire se concepisse lo stesso pazzo sospetto alla prima e da sè, o solamente quando l'altra ebbe messo il campo a rumore. Interrogata anch'essa, depone d'averlo veduto fin dal momento ch'entrò nella strada; ma non fa menzione di muri toccati nel camminare. *Viddi*, dice, *che si fermò qui in fine della muraglia del giardino della casa delli Crivelli.... et viddi che costui haueua una carta in mano, sopra la quale misse la mano dritta, che mi pareua che volesse scriuere; et poi viddi che, leuata la mano dalla carta, la fregò sopra la muraglia del detto giardino, doue era un poco di bianco.* Fu probabilmente per pulirsi le dita macchiate d'inchiostro, giacchè pare che scrivesse davvero. Infatti, nell'esame che gli fu fatto il giorno dopo, interrogato, *se l'attioni che fece quella mattina, ricercorno scrittura*, risponde: *signor sì.* E in quanto all'andar rasente al muro, se a una cosa simile ci fosse bisogno d'un perchè, era perchè pioveva, come accennò quella Caterina medesima, ma per cavarne una induzione di questa sorte: *è ben una gran cosa: hieri, mentre costui faceua questi atti di ongere, pioueua, et bisogna mo che hauesse pigliato quel tempo piouoso, perchè più persone potessero imbrattarsi li panni nell'andar in volta, per andar al coperto.*

Dopo quella fermata, costui tornò indietro, rifece la medesima strada, arrivò alla cantonata, ed era per isparire; quando, per un'altra disgrazia, fu rintoppato da uno ch'entrava nella strada, e che lo salutò. Quella Caterina, che, per tener dietro all'untore, fin che poteva, era tornata alla finestra di prima, domandò all'altro *chi fosse quello che haueua salutato*. L'altro, che, come depose poi, lo conosceva di vista, e non ne sapeva il nome, disse quel che sapeva, ch'era un commissario della Sanità. *Et io dissi a questo tale*, segue a deporre la Caterina, *è che ho visto colui a fare certi atti, che non mi piaccino niente. Subito puoi si diuulgò questo negotio*, cioè fu essa, almeno principalmente, che lo divolgò, *et uscirno dalle porte, et si vidde imbrattate le muraglie d'un certo ontume che pare grasso et che tira al giallo; et in particolare quelli del Tradate dissero che haueuano trouato tutto imbrattato li muri dell'andito della loro porta.* L'altra donna depone il medesimo. Interrogata, *se sa a che effetto questo tale fregasse di quella mano sopra il muro*, risponde: *dopo fu trovato onte le muraglie, particolarmente nella porta del Tradate*.

E, cose che in un romanzo sarebbero tacciate d'inverisimili, ma che pur troppo l'accecamento della passione basta a spiegare, non venne in mente nè all'una nè all'altra, che, descrivendo passo per passo, specialmente la prima, il giro che questo tale aveva fatto nella strada, non avevan però potuto dire che fosse entrato in quell'andito: non parve loro *una gran cosa* davvero, che costui, giacchè, per fare un lavoro simile, aveva voluto aspettare che fosse levato il sole, non ci andasse almeno guardingo, non desse almeno un'occhiata alle finestre; nè che tornasse tranquillamente indietro per la medesima strada, come se fosse usanza de' malfattori di trattenersi più del bisogno nel luogo del delitto; nè che maneggiasse impunemente una materia che doveva uccider quelli che *se ne imbrattassero i panni*; nè troppe altre ugualmente strane inverisimiglianze. Ma il più strano e il più atroce si è che non paressero tali neppure all'interrogante, e che non ne chiedesse spiegazione nessuna. O se ne chiese, sarebbe peggio ancora il non averne fatto menzione nel processo.

I vicini, a cui lo spavento fece scoprire chi sa quante sudicerie che avevan probabilmente davanti agli occhi, chi sa da quanto tempo, senza badarci, si misero in fretta e in furia a abbruciacchiarle con della paglia accesa. A Giangiacomo Mora, barbiere, che stava sulla cantonata, parve, come agli altri, che fossero stati unti i muri della sua casa. E non sapeva, l'infelice, qual altro pericolo gli sovrastava, e da quel commissario medesimo, ben infelice anche lui.

Il racconto delle donne fu subito arricchito di nuove circostanze; o fors'anche quello che fecero subito ai vicini non fu in tutto uguale a quello che fecero poi al capitano di giustizia. Il figlio di quel povero Mora, essendo interrogato più tardi *se sa o ha inteso dire in che modo il detto commissario ongesse le dette muraglie et case*, risponde: *sentei che una donna di quelle che stanno sopra il portico che traversa la detta Vedra, quale non so come habbi nome, disse che detto commissario ongeva con una penna, havendo un vasetto in mano.* Potrebb'esser benissimo che quella Caterina avesse parlato d'una penna da lei vista davvero in mano dello sconosciuto; e ognuno indovina troppo facilmente qual altra cosa poté esser da lei battezzata per vasetto; ché, in una mente la qual non vedeva che unzioni, una penna doveva avere una relazione più immediata e più stretta con un vasetto, che con un calamaio.

Ma pur troppo, in quel tumulto di chiacchiere, non andò persa una circostanza vera, che l'uomo era un commissario della Sanità; e, con quest'indizio, si trovò anche subito ch'era un Guglielmo Piazza, *genero della comar Paola*, la quale doveva essere una levatrice molto nota in que' contorni. La notizia si sparse via via negli altri quartieri, e ci fu anche portata da qualcheduno che s'era abbattuto a passar di lì nel momento del sottosopra. Uno di questi discorsi fu riferito al senato, che ordinò al capitano di giustizia, d'andar subito a prendere informazioni, e di procedere secondo il caso.

È stato significato al Senato che hieri mattina furno onte con ontioni mortifere le mura et porte delle case della Vedra de' Cittadini, disse il capitano di giustizia al notaio criminale che prese con sè in quella spedizione. E con queste parole, già piene d'una deplorabile certezza, e passate senza correzione dalla bocca del popolo in quella de' magistrati, s'apre il processo.

Al veder questa ferma persuasione, questa pazza paura d'un attentato chimerico, non si può far a meno di non rammentarsi ciò che accadde di simile in varie parti d'Europa, pochi anni sono, nel tempo del colera. Se non che, questa volta, le persone punto punto istruite, meno qualche eccezione, non parteciparono della sciagurata credenza, anzi la più parte fecero quel che potevano per combatterla; e non si sarebbe trovato nessun tribunale che stendesse la mano sopra imputati di quella sorte, quando non fosse stato per sottrarli al furore della moltitudine. È, certo, un gran miglioramento; ma se fosse anche più grande, se si potesse esser certi che, in un'occasion dello stesso genere, non ci sarebbe più nessuno che sognasse attentati dello stesso genere, non si dovrebbe perciò creder cessato il pericolo d'errori somiglianti nel modo, se non nell'oggetto. Pur troppo, l'uomo può ingannarsi, e ingannarsi terribilmente, con molto minore stravaganza. Quel sospetto e quella esasperazion medesima nascono ugualmente all'occasion di mali che possono esser benissimo, e sono in effetto, qualche volta, cagionati da malizia umana; e il sospetto e l'esasperazione, quando non sian frenati dalla ragione e dalla carità, hanno la trista virtù di far prender per colpevoli degli sventurati, sui più vani indizi e sulle più avventate affermazioni. Per citarne un esempio anch'esso non lontano, anteriore di poco al colera; quando gl'incendi eran divenuti così frequenti nella Normandia, cosa ci voleva perchè un uomo ne fosse subito subito creduto autore da una moltitudine? L'essere il primo che trovavan lì, o nelle vicinanze; l'essere sconosciuto, e non dar di sè un conto soddisfacente: cosa doppiamente difficile quando chi risponde è spaventato, e furiosi quelli che interrogano; l'essere indicato da una donna che poteva essere una Caterina Rosa, da un ragazzo che, preso in sospetto esso medesimo per uno strumento della malvagità altrui, e messo alle strette di dire chi l'avesse mandato a dar fuoco, diceva un nome a caso. Felici que' giurati davanti a cui tali imputati comparvero (chè più d'una volta la moltitudine eseguì da sè la sua propria sentenza); felici que' giurati, se entrarono nella loro sala ben persuasi che non sapevano ancor nulla, se non rimase loro nella mente alcun rimbombo di quel rumore di fuori, se pensarono, non che essi erano il paese, come si dice spesso con un traslato di quelli che fanno perder di vista il carattere proprio e essenziale della cosa, con un traslato sinistro e crudele nei casi in cui il paese si sia già formato un giudizio senza averne i mezzi; ma ch'eran uomini esclusivamente investiti della sacra, necessaria, terribile autorità di decidere se altri uomini siano colpevoli o innocenti.

La persona ch'era stata indicata al capitano di giustizia, per averne informazioni, non poteva dir altro che d'aver visto, il giorno prima, passando per via della Vetra, abbruciacchiar le muraglie, e sentito dire ch'erano state unte quella mattina da un *genero della comar Paola*. Il capitano di giustizia e il notaio si portarono a quella strada; e videro infatti muri affumicati, e uno, quello del barbiere Mora, imbiancato di fresco. E anche a loro *fu detto da diversi che si sono trovati ivi*, che ciò era stato fatto per averli veduti unti; *come anco dal detto Signor Capitano, et da me notaro*, scrive costui, *si sono visti ne' luoghi abbrugiati alcuni segni di materia ontuosa tirante al giallo, sparsavi come con le deta*. Quale riconoscimento d'un corpo di delitto!

Fu esaminata una donna di quella casa de' Tradati, la quale disse che avevan trovati *i muri dell'andito imbrattati di una certa cosa gialla, et in grande quantità*. Furono esaminate le due donne, delle quali abbiam riferita la deposizione; qualche altra persona, che non aggiunse nulla, per ciò che riguardava il fatto; e, tra gli altri, l'uomo che aveva salutato il commissario. Interrogato di più, *se passando lui per la Vedra de' Cittadini, vidde le muraglie imbrattate*, risponde: *non li feci fantasia, perchè fin'all'hora non si era detto cosa alcuna.*

Era già stato dato l'ordine d'arrestare il Piazza, e ci volle poco. Lo stesso giorno 22, *referisce... fante della compagnia del Baricello di Campagna al prefato Signor Capitano, il quale ancora era in carrozza, che andaua verso casa sua, sicome passando dalla casa del Signor Senatore Monti Presidente della Sanità, ha ritrouato auanti a quella porta, il suddetto Guglielmo Commissario, et hauerlo, in esecuzione dell'ordine datogli, condotto in prigione.*

Per ispiegare come la sicurezza dello sventurato non diminuisse punto la preoccupazione de' giudici, non basta certo l'ignoranza de' tempi. Avevano per un indizio di reità la fuga dell'imputato; che di lì non fossero condotti a intendere che il non fuggire, e un tal non fuggire, doveva essere indizio del contrario! Ma sarebbe ridicolo il dimostrar che uomini potevano veder cose che l'uomo non può non vedere: può bensì non volerci badare.

Fu subito visitata la casa del Piazza, frugato per tutto, *in omnibus arcis, capsis, scriniis, cancellis, sublectis*, per veder se c'eran vasi d'unzioni, o danari, e non si trovò nulla: *nihil penitus compertum fuit.* Nè anche questo non gli giovò punto, come pur troppo si vede dal primo esame che gli fu fatto, il giorno medesimo, dal capitano di giustizia, con l'assistenza d'un auditore, probabilmente quello del tribunale della Sanità.

È interrogato sulla sua professione, sulle sue operazioni abituali, sul giro che fece il giorno prima, sul vestito che aveva; finalmente gli si domanda: *se sa che siano stati trouati alcuni imbrattamenti nelle muraglie delle case di questa città, particolarmente in Porta Ticinese.* Risponde: *mi non lo so, perchè non mi fermo niente in Porta Ticinese.*

Gli si replica che questo *non è verisimile*; si vuol dimostrargli che lo doveva sapere. A quattro ripetute domande, risponde quattro volte il medesimo, in altri termini. Si passa ad altro, ma non con altro fine: chè vedrem poi per qual crudele malizia s'insistesse su questa pretesa inverisimiglianza, e s'andasse a caccia di qualche altra.

Tra i fatti della giornata antecedente, de' quali aveva parlato il Piazza, c'era d'essersi trovato coi deputati d'una parrocchia. (Eran gentiluomini eletti in ciascheduna di queste dal tribunale della Sanità, per invigilare, girando per la città, sull'esecuzion de' suoi ordini.) Gli fu domandato chi eran quelli con cui s'era trovato; rispose: che li conosceva *solamente di vista e non di nome.* E anche qui gli fu detto: *non è verisimile.* Terribile parola: per intender l'importanza della quale, son necessarie alcune osservazioni generali, che pur troppo non potranno esser brevissime, sulla pratica di que' tempi, ne' giudizi criminali.

CAPITOLO DUE

Questa, come ognun sa, si regolava principalmente, qui, come a un di presso in tutta Europa, sull'autorità degli scrittori; per la ragion semplicissima che, in una gran parte de' casi, non ce n'era altra su cui regolarsi. Erano due conseguenze naturali del non esserci complessi di leggi composte con un intento generale, che gl'interpreti si facessero legislatori, e fossero a un di presso ricevuti come tali; giacchè, quando le cose necessarie non son fatte da chi toccherebbe, o non son fatte in maniera di poter servire, nasce ugualmente, in alcuni il pensiero di farle, negli altri la disposizione ad accettarle, da chiunque sian fatte. L'operar senza regole è il più faticoso e difficile mestiere di questo mondo.

Gli statuti di Milano, per esempio, non prescrivevano altre norme, nè condizioni alla facoltà di mettere un uomo alla tortura (facoltà ammessa implicitamente, e riguardata ormai come connaturale al diritto di giudicare), se non che l'accusa fosse confermata dalla fama, e il delitto portasse *pena di sangue*, e ci fossero indizi[1]; ma senza dir quali. La legge romana, che aveva vigore ne' casi a cui non provvedessero gli statuti, non lo dice di più, benchè ci adopri più parole. "I giudici non devono cominciar da' tormenti, ma servirsi prima d'argomenti verisimili e probabili; e se, condotti da questi, quasi da indizi sicuri, credono di dover venire ai tormenti, per iscoprir la verità, lo facciano, quando la condizion della persona lo permette[2]." Anzi, in questa legge è espressamente istituito l'arbitrio del giudice sulla qualità e sul valore degl'indizi; arbitrio che negli statuti di Milano fu poi sottinteso.

Nelle così dette Nuove Costituzioni promulgate per ordine di Carlo V, la tortura non è neppur nominata; e da quelle fino all'epoca del nostro processo, e per molto tempo dopo, si trovano bensì, e in gran quantità, atti legislativi ne' quali è intimata come pena; nessuno, ch'io sappia, in cui sia regolata la facoltà d'adoprarla come mezzo di prova.

E anche di questo si vede facilmente la ragione: l'effetto era diventato causa; il legislatore, qui come altrove, aveva trovato, principalmente per quella parte che chiamiam procedura, un supplente, che faceva, non solo sentir meno, ma quasi dimenticare la necessità del suo, dirò così, intervento. Gli scrittori, principalmente dal tempo in cui cominciarono a diminuire i semplici commentari sulle leggi romane, e a crescer l'opere composte con un ordine più indipendente, sia su tutta la pratica criminale, sia su questo o quel punto speciale, gli scrittori trattavan la materia con metodi complessivi, e insieme con un lavoro minuto delle parti; moltiplicavan le leggi con l'interpretarle, stendendone, per analogia, l'applicazione ad altri casi, cavando regole generali da leggi speciali; e, quando questo non bastava, supplivan del loro, con quelle regole che gli paressero più fondate sulla ragione, sull'equità, sul diritto naturale, dove concordemente, anzi copiandosi e citandosi gli uni con gli altri, dove con disparità di pareri: e i giudici, dotti, e alcuni anche autori, in quella scienza, avevano, quasi in qualunque caso, e in qualunque circostanza d'un caso, decisioni da seguire o da scegliere. La legge, dico, era divenuta una scienza; anzi alla scienza, cioè al diritto romano interpretato da essa, a quelle antiche leggi de' diversi paesi che lo studio e l'autorità crescente del diritto romano non aveva fatte dimenticare, e ch'erano ugualmente interpretate dalla scienza, alle consuetudini approvate da essa, a' suoi precetti passati in consuetudini, era quasi unicamente appropriato il nome di legge: gli atti dell'autorità sovrana, qualunque fosse, si chiamavano ordini, decreti, gride, o con altrettali nomi; e avevano annessa non so quale idea d'occasionale e di temporario. Per citarne un esempio, le gride de' governatori di Milano, l'autorità de' quali era anche legislativa, non valevano che per quanto durava il governo de' loro autori; e il primo atto del successore era di confermarle provvisoriamente. Ogni *gridario*, come lo chiamavano, era una specie d'Editto del Pretore, composto un poco alla volta, e in diverse occasioni; la scienza invece, lavorando sempre, e lavorando sul tutto; modificandosi, ma insensibilmente; avendo sempre per maestri quelli che avevan cominciato dall'esser suoi discepoli, era, direi quasi, una revisione continua, e in parte una compilazione continua delle Dodici Tavole, affidata o abbandonata a un decemvirato perpetuo.

Questa così generale e così durevole autorità di privati sulle leggi, fu poi, quando si vide insieme la convenienza e la possibilità d'abolirla, col far nuove, e più intere, e più precise, e più ordinate leggi, fu, dico, e, se non m'inganno, è ancora riguardata come un fatto strano e come un fatto funesto all'umanità, principalmente nella parte criminale, e più principalmente nel punto della procedura. Quanto fosse naturale s'è accennato; e del resto, non era un fatto nuovo, ma un'estensione, dirò così, straordinaria d'un fatto antichissimo, e forse, in altre proporzioni, perenne; giacchè, per quanto le leggi possano essere particolarizzate, non cesseranno forse mai d'aver bisogno d'interpreti, nè cesserà forse mai che i giudici deferiscano, dove più, dove meno, ai più riputati tra quelli, come ad uomini che, di proposito, e con un intento generale, hanno studiato la cosa prima di loro. E non so se un più tranquillo e accurato esame non facesse trovare che fu anche, comparativamente e relativamente, un bene; perchè succedeva a uno stato di cose molto peggiore.

È difficile infatti che uomini i quali considerano una generalità di casi possibili, cercandone le regole nell'interpretazion di leggi positive, o in più universali ed alti principi, consiglin cose più inique, più insensate, più violente, più capricciose di quelle che può consigliar l'arbitrio, ne' casi diversi, in una pratica così facilmente appassionata. La quantità stessa de' volumi e degli autori, la moltiplicità e, dirò così, lo sminuzzamento progressivo delle regole da essi prescritte, sarebbero un indizio dell'intenzione di restringer l'arbitrio, e di guidarlo (per quanto era possibile) secondo la ragione e verso la giustizia; giacchè non ci vuol tanto per istruir gli uomini ad abusar della forza, a seconda de' casi. Non si lavora a fare e a ritagliar finimenti al cavallo che si vuol lasciar correre a suo capriccio; gli si leva la briglia, se l'ha.

Ma così avvien per il solito nelle riforme umane che si fanno per gradi (parlo delle vere e giuste riforme; non di tutte le cose che ne hanno preso il nome): ai primi che le intraprendono, par molto di modificare la cosa, di correggerla in varie parti, di levare, d'aggiungere: quelli che vengon dopo, e alle volte molto tempo dopo, trovandola, e con ragione, ancora cattiva, si fermano facilmente alla cagion più prossima, maledicono come autori della cosa quelli di cui porta il nome, perchè le hanno data la forma con la quale continua a vivere e a dominare.

In questo errore, diremmo quasi invidiabile, quando è compagno di grandi e benefiche imprese, ci par che sia caduto, con altri uomini insigni del suo tempo, l'autore dell'*Osservazioni sulla tortura.* Quanto è forte e fondato nel dimostrar l'assurdità, l'ingiustizia e la crudeltà di quell'abbominevole pratica, altrettanto ci pare che vada, osiam dire, in fretta nell'attribuire all'autorità degli scrittori ciò ch'essa aveva di più odioso. E non è certamente la dimenticanza della nostra inferiorità che ci dia il coraggio di contradir liberamente, come siamo per fare, l'opinion d'un uomo così illustre, e sostenuta in un libro così generoso; ma la confidenza nel vantaggio d'esser venuti dopo, e di poter facilmente (prendendo per punto principale ciò che per lui era affatto accessorio) guardar con occhio più tranquillo, nel complesso de' suoi effetti, e nella differenza de' tempi, come cosa morta, e passata nella storia, un fatto ch'egli aveva a combattere, come ancor dominante, come un ostacolo attuale a nuove e desiderabilissime riforme. E a ogni modo, quel fatto è talmente legato col suo e nostro argomento, che l'uno e l'altro eravam naturalmente condotti a dirne qualcosa in generale: il Verri perchè, dall'essere quell'autorità riconosciuta al tempo dell'iniquo giudizio, induceva che ne fosse complice, e in gran parte cagione; noi perchè, osservando ciò ch'essa prescriveva o insegnava ne' vari particolari, ce ne dovrem servire come d'un criterio, sussidiario ma importantissimo, per dimostrar più vivamente l'iniquità, dirò così, individuale del giudizio medesimo.

"È certo," dice l'ingegnoso ma preoccupato scrittore, "che niente sta scritto nelle leggi nostre, nè sulle persone che possono mettersi alla tortura, nè sulle occasioni nelle quali possano applicarvisi, nè sul modo di tormentare, se col foco o col dislogamento e strazio delle membra, nè sul tempo per cui dura lo spasimo, nè sul numero delle volte da ripeterlo; tutto questo strazio si fa sopra gli uomini coll'autorità del giudice, unicamente appoggiato alle dottrine dei criminalisti citati.[3]"

Ma in quelle leggi nostre stava scritta la tortura; ma in quelle d'una gran parte d'Europa[4], ma nelle romane, ch'ebbero per tanto tempo nome e autorità di diritto comune, stava scritta la tortura. La questione dev'esser dunque, se i criminalisti interpreti (così li chiameremo, per distinguerli da quelli ch'ebbero il merito e la fortuna di sbandirli per sempre) sian venuti a render la tortura più o meno atroce di quel che fosse in mano dell'arbitrio, a cui la legge l'abbandonava quasi affatto; e il Verri medesimo aveva, in quel libro medesimo, addotta, o almeno accennata, la prova più forte in loro favore. "Farinaccio istesso," dice l'illustre scrittore, "parlando de' suoi tempi, asserisce che i giudici, per il diletto che provavano nel tormentare i rei, inventavano nuove specie di tormenti; eccone le parole: *Judices qui propter delectationem, quam habent torquendi reos, inveniunt novas tormentorum species*[5]."

Ho detto: in loro favore; perchè l'intimazione ai giudici d'astenersi dall'inventar nuove maniere di tormentare, e in generale le riprensioni e i lamenti che attestano insieme la sfrenata e inventiva crudeltà dell'arbitrio, e l'intenzion, se non altro, di reprimerla e di svergognarla, non sono tanto del Farinacci, quanto de' criminalisti, direi quasi, in genere. Le parole stesse trascritte qui sopra, quel dottore le prende da uno più antico, Francesco dal Bruno, il quale le cita come d'uno più antico ancora, Angelo d'Arezzo, con altre gravi e forti, che diamo qui tradotte: "giudici, arrabbiati e perversi, che saranno da Dio confusi; giudici ignoranti, perchè l'uom sapiente abborrisce tali cose, e dà forma alla scienza col lume delle virtù.[6]"

Prima di tutti questi, nel secolo XIII, Guido da Suzara, trattando della tortura, e applicando a quest'argomento le parole d'un rescritto di Costanzo, sulla custodia del reo, dice esser suo intento "d'imporre qualche moderazione ai giudici che incrudeliscono senza misura[7]."

Nel secolo seguente, Baldo applica il celebre rescritto di Costantino contro il padrone che uccide il servo, "ai giudici che squarcian le carni del reo, perchè confessi;" e vuole che, se questo muore ne' tormenti, il giudice sia decapitato, come omicida[8].

Più tardi, Paride dal Pozzo inveisce contro que' giudici che, "assetati di sangue, anelano a scannare, non per fine di riparazione nè d'esempio, ma come per un loro vanto (*propter gloriam eorum*); e sono per ciò da riguardarsi come omicidi[9]."

"Badi il giudice di non adoprar tormenti ricercati e inusitati; perchè chi fa tali cose è degno d'esser chiamato carnefice piuttosto che giudice," scrive Giulio Claro[10].

"Bisogna alzar la voce (*clamandum est*) contro que' giudici severi e crudeli che, per acquistare una gloria vana, e per salire, con questo mezzo, a più alti posti, impongono ai miseri rei nuove specie di tormenti," scrive Antonio Gomez[11].

Diletto e gloria! quali passioni, in qual soggetto! Voluttà nel tormentare uomini, orgoglio nel soggiogare uomini imprigionati! Ma almeno quelli che le svelavano, non si può credere che intendessero di favorirle.

A queste testimonianze (e altre simili se ne dovrà allegare or ora) aggiungeremo qui, che, ne' libri su questa materia, che abbiam potuti vedere, non ci è mai accaduto di trovar lamenti contro de' giudici che adoprassero tormenti troppo leggieri. E se, in quelli che non abbiam visti, ci si mostrasse una tal cosa, ci parrebbe una curiosità davvero.

Alcuni de' nomi che abbiam citati, e di quelli che avremo a citare, son messi dal Verri in una lista di "scrittori, i quali se avessero esposto le crudeli loro dottrine e la metodica descrizione de' raffinati loro spasimi in lingua volgare, e con uno stile di cui la rozzezza e la barbarie non allontanasse le persone sensate e colte dall'esaminarli, non potevano essere riguardati se non coll'occhio medesimo col quale si rimira il carnefice, cioè con orrore e ignominia[12]". Certo, l'orrore per quello che rivelano, non può esser troppo; è giustissimo questo sentimento anche per quello che ammettevano; ma se, per quello che ci misero, o ci vollero metter del loro, l'orrore sia un giusto sentimento, e l'ignominia una giusta retribuzione, il poco che abbiam visto, deve bastare almeno a farne dubitare.

È vero che ne' loro libri, o, per dir meglio, in qualcheduno, sono, più che nelle leggi, descritte le varie specie di tormenti; ma come consuetudini invalse e radicate nella pratica, non come ritrovati degli scrittori. E Ippolito Marsigli, scrittore e giudice del secolo decimoquinto, che ne fa un'atroce, strana e ributtante lista, allegando anche la sua esperienza, chiama però *bestiali* que' giudici che ne inventan di nuovi.[13]

Furono quegli scrittori, è vero, che misero in campo la questione del numero delle volte che lo spasimo potesse esser ripetuto; ma (e avremo occasion di vederlo) per impor limiti e condizioni all'arbitrio, profittando dell'indeterminate e ambigue indicazioni che ne somministrava il diritto romano.

Furon essi, è vero, che trattaron del tempo che potesse durar lo spasimo; ma non per altro che per imporre, anche in questo, qualche misura all'instancabile crudeltà, che non ne aveva dalla legge, "a certi giudici, non meno ignoranti che iniqui, i quali tormentano un uomo per tre o quattr'ore," dice il Farinacci[14]; "a certi giudici iniquissimi e sceleratissimi, levati dalla feccia, privi di scienza, di virtù, di ragione, i quali, quand'hanno in loro potere un accusato, forse a torto (*forte indebite*), non gli parlano che tenendolo al tormento; e se non confessa quel ch'essi vorrebbero, lo lascian lì pendente alla fune, per un giorno, per una notte intera," aveva detto il Marsigli[15], circa un secolo prima.

In questi passi, e in qualche altro de' citati sopra, si può anche notare come alla crudeltà cerchino d'associar l'idea dell'ignoranza. E per la ragion contraria, raccomandano, in nome della scienza, non meno che della coscienza, la moderazione, la benignità, la mansuetudine. Parole che fanno rabbia, applicate a una tal cosa; ma che insieme fanno vedere se l'intento di quegli scrittori era d'aizzare il mostro, o d'ammansarlo.

Riguardo poi alle persone che potessero esser messe alla tortura, non vedo cos'importi che niente ci fosse nelle leggi propriamente nostre, quando c'era molto, relativamente al resto di questa trista materia, nelle leggi romane, le quali erano in fatto leggi nostre anch'esse.

"Uomini", prosegue il Verri, "ignoranti e feroci, i quali senza esaminare donde emani il diritto di punire i delitti, qual sia il fine per cui si puniscono, quale sia la norma onde graduare la gravezza dei delitti, qual debba esser la proporzione tra i delitti e le pene, se un uomo possa mai costringersi a rinunziare alla difesa propria, e simili principii, dai quali intimamente conosciuti, possono unicamente dedursi le naturali conseguenze più conformi alla ragione ed al bene della società; uomini, dico, oscuri e privati, con tristissimo raffinamento ridussero a sistema e gravemente pubblicarono la scienza di tormentare altri uomini, con quella tranquillità medesima colla quale si descrive l'arte di rimediare ai mali del corpo umano: e furono essi obbediti come legislatori, e si fece un serio e placido oggetto di studio, e si accolsero alle librerie legali i crudeli scrittori che insegnarono a sconnettere con industrioso spasimo le membra degli uomini vivi, e a raffinarlo colla lentezza e coll'aggiunta di più tormenti, onde rendere più desolante e acuta l'angoscia e l'esterminio."

Ma come mai ad uomini oscuri e ignoranti potè esser concessa tanta autorità? dico oscuri al loro tempo, e ignoranti riguardo ad esso; chè la questione è necessariamente relativa; e si tratta di vedere, non già se quegli scrittori avessero i lumi che si posson desiderare in un legislatore, ma se n'avessero più o meno di coloro che prima applicavan le leggi da sè, e in gran parte se le facevan da sè. E come mai era più feroce l'uomo che lavorava teorie, e le discuteva dinanzi al pubblico, dell'uomo ch'esercitava l'arbitrio in privato, sopra chi gli resisteva?

In quanto poi alle questioni accennate dal Verri, guai se la soluzione della prima, "donde emani il diritto di punire i delitti", fosse necessaria per compilar con discrezione delle leggi penali; poichè si potè bene, al tempo del Verri, crederla sciolta; ma ora (e per fortuna, giacchè è men male l'agitarsi nel dubbio, che il riposar nell'errore) è più controversa che mai. E l'altre, dico in generale tutte le questioni d'un'importanza più immediata, e più pratica, erano forse sciolte e sciolte a dovere, erano almeno discusse, esaminate quando gli scrittori comparvero? Vennero essi forse a confondere un ordine stabilito di più giusti e umani princìpi, a balzar di posto dottrine più sapienti, a turbar, dirò così, il possesso a una giurisprudenza più ragionata e più ragionevole? A questo possiamo risponder francamente di no, anche noi; e ciò basta all'assunto. Ma vorremmo che qualcheduno di quelli che ne sanno, esaminasse se piuttosto non furon essi che, costretti, appunto perchè privati e non legislatori, a render ragione delle loro decisioni, richiamaron la materia a princìpi generali, raccogliendo e ordinando quelli che sono sparsi nelle leggi romane, e cercandone altri nell'idea universale del diritto; se non furon essi che, lavorando a costruir, con rottami e con nuovi materiali, una pratica criminale intera ed una, prepararono il concetto, indicarono la possibilità, e in parte l'ordine, d'una legislazion criminale intera ed una; essi che, ideando una forma generale, aprirono ad altri scrittori, dai quali furono troppo sommariamente giudicati, la strada a ideare una generale riforma.

In quanto finalmente all'accusa, così generale e così nuda, d'aver raffinato i tormenti, abbiamo in vece veduto che fu cosa dalla maggior parte di loro espressamente detestata e, per quanto stava in loro, proibita. Molti de' luoghi che abbiam riferiti possono anche servire a lavarli in parte dalla taccia d'averne trattato con quell'impassibile tranquillità. Ci si permetta di citarne un altro che parrebbe quasi un'anticipata protesta. "Non posso che dar nelle furie", scrive il Farinacci, *(non possum nisi vehementer excandescere)* "contro que' giudici che tengono per lungo tempo legato il reo, prima di sottoporlo alla tortura; e con quella preparazione la rendon più crudele.[16]"

Da queste testimonianze, e da quello che sappiamo essere stata la tortura negli ultimi suoi tempi, si può francamente dedurre che i criminalisti interpreti la lasciarono molto, ma molto, men barbara di quello che l'avevan trovata. E certo sarebbe assurdo l'attribuire a una sola causa una tal diminuzione di male; ma, tra le molte, mi par che sarebbe anche cosa poco ragionevole il non contare il biasimo e le ammonizioni ripetute e rinnovate pubblicamente, di secolo in secolo, da quelli ai quali pure s'attribuisce un'autorità di fatto sulla pratica de' tribunali.

Cita poi il Verri alcune loro proposizioni; le quali non basterebbero per fondarci sopra un generale giudizio storico, quand'anche fossero tutte esattamente citate. Eccone, per esempio, una importantissima, che non lo è: "Il Claro asserisce che basta vi siano alcuni indizii contro un uomo, e si può metterlo alla tortura[17]."

Se quel dottore avesse parlato così, sarebbe piuttosto una singolarità che un argomento; tanto una tal dottrina è opposta a quella d'una moltitudine d'altri dottori. Non dico di tutti, per non affermar troppo più di quello che so; benchè, dicendolo, non temerei d'affermar più di quello che è. Ma in realtà il Claro disse, anche lui, il contrario; e il Verri fu probabilmente indotto in errore dall'incuria d'un tipografo, il quale stampò: *Nam sufficit adesse aliqua indicia contra reum ad hoc ut torqueri possit*[18], in vece di *Non sufficit*, come trovo in due edizioni anteriori[19]. E per accertarsi dell'errore, non è neppur necessario questo confronto, giacchè il testo continua così: "se tali indizi non sono anche legittimamente provati;" frase che farebbe ai cozzi con l'antecedente, se questa avesse un senso affermativo. E soggiunge subito: "ho detto che non basta (*dixi quoque non sufficere*) che ci siano indizi, e che siano legittimamente provati, se non sono anche sufficienti alla tortura.

Ed è una cosa che i giudici timorati di Dio devono aver sempre davanti agli occhi, per non sottoporre ingiustamente alcuno alla tortura: cosa del resto che li sottopone essi medesimi a un giudizio di revisione. E racconta l'Afflitto d'aver risposto al re Federigo, che nemmen lui, con l'autorità regia, poteva comandare a un giudice di mettere alla tortura un uomo, contro il quale non ci fossero indizi sufficienti".

Così il Claro; e basterebbe questo per esser come certi, che dovette intender tutt'altro che di rendere assoluto l'arbitrio con quell'altra proposizione che il Verri traduce così: "in materia di tortura e d'indizi, non potendosi prescrivere una norma certa, tutto si rimette all'arbitrio del giudice.[20]" La contradizione sarebbe troppo strana; e lo sarebbe di più, se è possibile, con quello che l'autor medesimo dice altrove: "benchè il giudice abbia l'arbitrio, deve però stare al diritto comune.... e badino bene gli ufiziali della giustizia, di non andar avanti tanto allegramente (*ne nimis animose procedant*), con questo pretesto dell'arbitrio[21]."

Cosa intese dunque, con quelle parole: *remittitur arbitrio judicis*, che il Verri traduce: "tutto si rimette all'arbitrio del giudice?"

Intese.... Ma che dico? e perchè cercare in questo un'opinion particolare del Claro? Quella proposizione, egli non faceva altro che ripeterla, giacchè era, per dir così, proverbiale tra gl'interpreti; e già due secoli prima, Bartolo la ripeteva anche lui, come sentenza comune: *Doctores communiter dicunt quod in hoc* (quali siano gl'indizi sufficienti alla tortura) *non potest dari certa doctrina, sed relinquitur arbitrio judicis*[22]. E con questo non intendevan già di proporre un principio, di stabilire una teoria, ma d'enunciar semplicemente un fatto; cioè che la legge, non avendo determinato gl'indizi, gli aveva per ciò stesso lasciati all'arbitrio del giudice. Guido da Suzara, anteriore a Bartolo d'un secolo circa, dopo aver detto o ripetuto anche lui, che gl'indizi son rimessi all'arbitrio del giudice, soggiunge: "come, in generale, tutto ciò che non è determinato dalla legge[23]." E per citarne qualcheduno de' meno antichi, Paride dal Pozzo, ripetendo quella comune sentenza, la commenta così: "a ciò che non è determinato dalla legge, nè dalla consuetudine, deve supplire la religion del giudice; e perciò la legge sugl'indizi mette un gran carico sulla sua coscienza[24]." E il Bossi, criminalista del secolo XVI, e senator di Milano: "Arbitrio non vuol dir altro (*in hoc consistit*) se non che il giudice non ha una regola certa dalla legge, la quale dice soltanto non doversi cominciar dai tormenti, ma da argomenti verisimili e probabili. Tocca dunque al giudice a esaminare se un indizio sia verisimile e probabile[25]."

Ciò ch'essi chiamavano arbitrio, era in somma la cosa stessa che, per iscansar quel vocabolo equivoco e di tristo suono, fu poi chiamata poter discrezionale: cosa pericolosa, ma inevitabile nell'applicazion delle leggi, e buone e cattive; e che i savi legislatori cercano, non di togliere, che sarebbe una chimera, ma di limitare ad alcune determinate e meno essenziali circostanze, e di restringere anche in quelle più che possono.

E tale, oso dire, fu anche l'intento primitivo, e il progressivo lavoro degl'interpreti, segnatamente riguardo alla tortura, sulla quale il potere lasciato dalla legge al giudice era spaventosamente largo. Già Bartolo, dopo le parole che abbiam citate sopra, soggiunge: "ma io darò le regole che potrò." Altri ne avevan date prima di lui; e i suoi successori ne diedero di mano in mano molte più, chi proponendone qualcheduna del suo, chi ripetendo e approvando le proposte da altri; senza lasciar però di ripeter la formola ch'esprimeva il fatto della legge, della quale non erano, alla fine, che interpreti.

Ma con l'andar del tempo, e con l'avanzar del lavoro, vollero modificare anche il linguaggio; e n'abbiam l'attestato dal Farinacci, posteriore ai citati qui, anteriore però all'epoca del nostro processo, e allora autorevolissimo. Dopo aver ripetuto, e confermato con un subisso d'autorità, il principio, che "l'arbitrio non si deve intender libero e assoluto, ma legato dal diritto e dall'equità;" dopo averne cavate, e confermate con altre autorità, le conseguenze, che "il giudice deve inclinare alla parte più mite, e regolar l'arbitrio con la disposizion generale delle leggi, e con la dottrina de' dottori approvati, e che non può formare indizi a suo capriccio;" dopo aver trattato, più estesamente, credo, e più ordinatamente che nessuno avesse ancor fatto, di tali indizi, conclude: "puoi dunque vedere che la massima comune de' dottori — gl'indizi alla tortura sono arbitrari al giudice, — è talmente, e anche concordemente ristretta da' dottori medesimi, che non a torto molti giurisperiti dicono doversi anzi stabilir la regola contraria, cioè che gl'indizi non sono arbitrari al giudice[26]." E cita questa sentenza di Francesco Casoni: "è error comune de' giudici il credere che la tortura sia arbitraria; come se la natura avesse creati i corpi de' rei perchè essi potessero straziarli a loro capriccio[27]."

Si vede qui un momento notabile della scienza, che, misurando il suo lavoro, n'esige il frutto; e dichiarandosi, non aperta riformatrice (chè non lo pretendeva, nè le sarebbe stato ammesso), ma efficace ausiliaria della legge, consacrando la propria autorità con quella d'una legge superiore ed eterna, intima ai giudici di seguir le regole che ha trovate, per risparmiar degli strazi a chi poteva essere innocente, e a loro delle turpi iniquità. Triste correzioni d'una cosa che, per essenza, non poteva ricevere una buona forma; ma tutt'altro che argomenti atti a provar la tesi del Verri: «nè gli orrori della tortura si contengono unicamente nello spasimo che si fa patire... ma orrori ancora vi spargono i dottori sulle circostanze di amministrarla[28].»

Ci si permetta in ultimo qualche osservazione sopra un altro luogo da lui citato; chè l'esaminarli tutti sarebbe troppo in questo luogo, e non abbastanza certamente per la questione. «Basti un solo orrore per tutti; e questo viene riferito dal celebre Claro milanese, che è il sommo maestro di questa pratica: — Un giudice può, avendo in carcere una donna sospetta di delitto, farsela venire nella sua stanza secretamente, ivi accarezzarla, fingere di amarla, prometterle la libertà affine d'indurla ad accusarsi del delitto, e che con un tal mezzo un certo reggente indusse una giovine ad aggravarsi d'un omicidio, e la condusse a perdere la testa. — Acciocchè non si sospetti che quest'orrore contro la religione, la virtù e tutti i più sacri principii dell'uomo sia esagerato, ecco cosa dice il Claro: *Paris dicit quod judex potest*, etc.[29].»

Orrore davvero; ma per veder che importanza possa avere in una question di questa sorte, s'osservi che, enunciando quell'opinione, Paride dal Pozzo[30] non proponeva già un suo ritrovato; raccontava, e pur troppo con approvazione, un fatto d'un giudice, cioè uno de' mille fatti che produceva l'arbitrio senza suggerimento di dottori; s'osservi che il Baiardi, il quale riferisce quell'opinione, nelle sue aggiunte al Claro (non il Claro medesimo), lo fa per detestarla anche lui, e per qualificare il fatto di *finzione diabolica*[31]; s'osservi che non cita alcun altro il quale sostenesse un'opinion tale, dal tempo di Paride dal Pozzo al suo, cioè per lo spazio d'un secolo. E andando avanti, sarebbe più strano che ce ne fosse stato alcuno. E quel Paride dal Pozzo medesimo, Dio ci liberi di chiamarlo, col Giannone, *eccellente giureconsulto*[32];

ma l'altre sue parole che abbiam riferite sopra, basterebbero a far veder che queste bruttissime non bastano a dare una giusta idea nemmen delle dottrine di questo solo.

Non abbiam certamente la strana pretensione d'aver dimostrato che quelle degl'interpreti, prese nel loro complesso, non servirono, nè furon rivolte a peggiorare. Questione interessantissima, giacchè si tratta di giudicar l'effetto e l'intento del lavoro intellettuale di più secoli, in una materia così importante, anzi così necessaria all'umanità; questione del nostro tempo, giacchè, come abbiamo accennato, e del resto ognun sa, il momento in cui si lavora a rovesciare un sistema, non è il più adattato a farne imparzialmente la storia; ma questione da risolversi, o piuttosto storia da farsi, con altro che con pochi e sconnessi cenni. Questi bastan però, se non m'inganno, a dimostrar precipitata la soluzione contraria; come erano, in certo modo, una preparazion necessaria al nostro racconto. Chè in esso noi avremo spesso a rammaricarci che l'autorità di quegli uomini non sia stata efficace davvero; e siam certi che il lettore dovrà dir con noi: fossero stati ubbiditi!

---

1. Statuta criminalia; Rubrica generalis de forma citationis in criminalibus; De tormentis, seu quaestionibus.
2. Cod. Lib. IX; Tit. XLI, De quæstionibus, 1. 8.
3. Verri, Osservazioni sulla tortura, § XIII.
4. La pratica criminale dell'Inghilterra, non cercando la prova del delitto o dell'innocenza nell'interrogatorio del reo, escluse indirettamente, ma necessariamente, quel mezzo fallace e crudele d'aver la sua confessione. Francesco Casoni (De tormentis, cap. I, 3) e Antonio Gomez (Variarum rèsolutionum, etc. tom. 3, cap. 13, de tortura reorum n. 4) attestano che, almeno al loro tempo, la tortura non era in uso nel regno d'Aragona. Giovanni Loccenio (Synopsis juris Sueco-gothici), citato da Ottone Tabor (Tractat. de tortura, et indiicis delictorum, cap. 2, 18) attesta il medesimo della Svezia; nè so se alcun altro paese d'Europa sia andato immune da quel vergognoso flagello, o se ne sia liberato prima del secolo scorso.
5. Verri, Oss. § VIII. - Farin. Praxis et Theor. criminalis, Quaest. XXXVIII, 56.
6. Franc. a Bruno, De indiciis et tortura, part. II, quæst. II, 7.
7. Guid. de Suza, De Tormentis, 1. — Cod. IX, tit. 4, De custodia reorum; l. 2
8. Baldi, ad lib. IX Cod. tit XIV, De emendatione servorum, 3.
9. Par. de Puteo, De syndicatu; in verbo: Crudelitas officialis, 5.
10. J. Clari, Sententiarum receptarum, Lib v, § fin. Quæst. LXIV, 36.
11. Gomez, Variar. resol. t. 3, c. 13, De tortura reorum, 5.
12. Oss. § XIII.
13. Hipp. de Marsiliis, ad Tit. Dig. de quæstionibus; leg. In criminibus, 29.
14. Praxis, etc. Quæst. XXXVIII, 54.
15. Pratica causarum criminalium; in verbo: Expedita; 86.

16. Quæst. XXXVIII, 38.
17. Oss. § VIII.
18. Sent. rec. lib. V, quæst. LXIV, 12. Venet. 1640; ex typ. Baretiana, p. 537.
19. Ven. apud Hier. Polum, 1580, f. 172 — Ibid. apud P. Ugolinum, 1595. f. 180.
20. Verri, loc. cit. — Clar. loc. cit. 13.
21. Ibid., Quaest. XXXI, 9.
22. Bartol. ad Dig. lib. XLVIII, tit. XVIII, I. 22.
23. Et generaliter omne quod non determinatur a iure, relinquitur arbitrio iudicantis. De tormentis, 30.
24. Et ideo lex super indiciis gravat coscientias iudicum. De Syndicatu, in verbo: Mandavit, 18.
25. Ægid. Bossii, Tractatus varii; tit. de indiciis ante torturam, 32.
26. Ibid. Quaest. xxxvii, 193 ad 200.
27. Francisci Casoni Tractatus de tormentis; cap. I, 10.
28. Oss. § VIII.
29. Ibid.
30. Paradis de Puteo, De syndicatu, in verbo: Et advertendum est; Judex debet esse subtilis in investiganda maleficii veritate.
31. Ad Clar. Sentent. recept. Quaest. LXIV, 24, add. 80, 81.
32. Istoria civile, etc., lib. 28, cap. ult.

CAPITOLO TRE

E per venir finalmente all'applicazione, era insegnamento comune, e quasi universale de' dottori, che la bugia dell'accusato nel rispondere al giudice, fosse uno degl'indizi legittimi, come dicevano, alla tortura. Ecco perchè l'esaminatore dell'infelice Piazza gli oppose, non essere verisimile che lui non avesse sentito parlare di muri imbrattati in porta Ticinese, e che non sapesse il nome de' deputati coi quali aveva avuto che fare.

Ma insegnavan forse che bastasse una bugia qualunque?

"La bugia, per fare indizio alla tortura, deve riguardar le qualità e le circostanze sostanziali del delitto, cioè che appartengano ad esso, e dalle quali esso si possa inferire; altrimenti no: *alias secus*."

"La bugia non fa indizio alla tortura, se riguarda cose che non aggraverebbero il reo, quando le avesse confessate."

E bastava, secondo loro, che il detto dell'accusato paresse al giudice bugia, perchè questo potesse venire ai tormenti?

"La bugia per fare indizio alla tortura dev'esser provata concludentemente, o dalla propria confession del reo, o da due testimoni... essendo dottrina comune che due sian necessari a provare un indizio remoto, quale è la bugia[1]." Cito, e citerò spesso il Farinacci, come uno de' più autorevoli allora, e come gran raccoglitore dell'opinioni più ricevute. Alcuni però si contentavano d'un testimonio solo, purchè fosse maggiore d'ogni eccezione. Ma che la bugia dovesse risultar da prove legali, e non da semplice congettura del giudice, era dottrina comune e non contradetta.

Tali condizioni eran dedotte da quel canone della legge romana, il quale proibiva (che cose s'è ridotti a proibire, quando se ne sono ammesse cert'altre!) di cominciar dalla tortura. "E se concedessimo ai giudici," dice l'autor medesimo, "la facoltà di mettere alla tortura i rei senza indizi legittimi e sufficienti, sarebbe come in lor potere il cominciar da essa... E per poter chiamarsi tali, devon gl'indizi esser verisimili, probabili, non leggieri, nè di semplice formalità, ma gravi, urgenti, certi, chiari, anzi più chiari del sole di mezzogiorno, come si suol dire... Si tratta di dare a un uomo un tormento, e un tormento che può decider della sua vita: *agitur de hominis salute*; e perciò non ti maravigliare, o giudice rigoroso, se la scienza del diritto e i dottori richiedono indizi così squisiti, e dicon la cosa con tanta forza, e la vanno tanto ripetendo[2]."

Non diremo certamente che tutto questo sia ragionevole; giacchè non può esserlo ciò che implica contradizione. Erano sforzi vani, per conciliar la certezza col dubbio, per evitare il pericolo di tormentare innocenti, e d'estorcere false confessioni, volendo però la tortura come un mezzo appunto di scoprire se uno fosse innocente o reo, e di fargli confessare una data cosa. La conseguenza logica sarebbe stata di dichiarare assurda e ingiusta la tortura; ma a questo ostava l'ossequio cieco all'antichità e al diritto romano. Quel libriccino *Dei delitti e delle pene*, che promosse, non solo l'abolizion della tortura, ma la riforma di tutta la legislazion criminale, cominciò con le parole: "Alcuni avanzi di leggi d'un antico popolo conquistatore." E parve, com'era, ardire d'un grand'ingegno: un secolo prima sarebbe parsa stravaganza. Nè c'è da maravigliarsene: non s'è egli visto un ossequio dello stesso genere mantenersi più a lungo, anzi diventar più forte nella politica, più tardi nella letteratura, più tardi ancora in qualche ramo delle Belle Arti? Viene, nelle cose grandi, come nelle piccole, un momento in cui ciò che, essendo accidentale e fattizio, vuol perpetuarsi come naturale e necessario, è costretto a cedere all'esperienza, al ragionamento, alla sazietà, alla moda, a qualcosa di meno, se è possibile, secondo la qualità e l'importanza delle cose medesime; ma questo momento dev'esser preparato. Ed è già un merito non piccolo degl'interpreti, se, come ci pare, furon essi che lo prepararono, benchè lentamente, benchè senz'avvedersene, per la giurisprudenza.

Ma le regole che pure avevano stabilite, bastano in questo caso a convincere i giudici, anche di positiva prevaricazione. Vollero appunto costoro cominciar dalla tortura. Senza entrare in nulla che toccasse circostanze, nè sostanziali nè accidentali, del presunto delitto, moltiplicarono interrogazioni inconcludenti, per farne uscir de' pretesti di dire alla vittima destinata: non è verisimile; e, dando insieme a inverisimiglianze asserite la forza di bugie legalmente provate, intimar la tortura. È che non cercavano una verità, ma volevano una confessione: non sapendo quanto vantaggio avrebbero avuto nell'esame del fatto supposto, volevano venir presto al dolore, che dava loro un vantaggio pronto e sicuro: avevan furia. Tutto Milano sapeva (è il vocabolo usato in casi simili) che Guglielmo Piazza aveva unti i muri, gli usci, gli anditi di via della Vetra; e loro che l'avevan nelle mani, non l'avrebbero fatto confessar subito a lui!

Si dirà forse che, in faccia alla giurisprudenza, se non alla coscienza, tutto era giustificato dalla massima detestabile, ma allora ricevuta, che ne' delitti più atroci fosse lecito oltrepassare il diritto? Lasciamo da parte che l'opinion più comune, anzi quasi universale, de' giureconsulti, era (e se al ciel piace, doveva essere) che una tal massima non potesse applicarsi alla procedura, ma soltanto alla pena; "giacchè," per citarne uno, "benchè si tratti d'un delitto enorme, non consta però che l'uomo l'abbia commesso; e fin che non consti, è dovere che si serbino le solennità del diritto[3]". E solo per farne memoria, e come un di que' tratti notabili con cui l'eterna ragione si manifesta in tutti i tempi, citeremo anche la sentenza d'un uomo che scrisse sul principio del secolo decimoquinto, e fu, per lungo tempo dopo, chiamato il Bartolo del diritto ecclesiastico, Nicolò Tedeschi, arcivescovo di Palermo, più celebre, fin che fu celebre, sotto il nome d'Abate Palermitano: "Quanto il delitto è più grave," dice quest'uomo, "tanto più le presunzioni devono esser forti; perchè, dove il pericolo è maggiore, bisogna anche andar più cauti[4]". Ma questo, dico, non fa al nostro caso (sempre riguardo alla sola giurisprudenza), poichè il Claro attesta che nel foro di Milano prevaleva la consuetudine contraria; cioè era, in que' casi, permesso al giudice d'oltrepassare il diritto, anche nell'inquisizione[5]. "Regola", dice il Riminaldi, altro già celebre giureconsulto, "da non riceversi negli altri paesi;" e il Farinacci soggiunge: "ha ragione[6]". Ma vediamo come il Claro medesimo interpreti una tal regola: "si viene alla tortura, quantunque gl'indizi non siano in tutto sufficienti (*in totum sufficientia*), nè provati da testimoni maggiori d'ogni eccezione, e spesse volte anche senza aver data al reo copia del processo informativo." E dove tratta in particolare degl'indizi legittimi alla tortura, li dichiara espressamente necessari "non solo ne' delitti minori, ma anche ne' maggiori e negli atrocissimi, anzi nel delitto stesso di lesa maestà.[7]" Si contentava dunque d'indizi meno rigorosamente provati, ma li voleva provati in qualche maniera; di testimoni meno autorevoli, ma voleva testimoni; d'indizi più leggieri, ma voleva indizi reali, relativi al fatto; voleva insomma render più facile al giudice la scoperta del delitto, non dargli la facoltà di tormentare, sotto qualunque pretesto, chiunque gli venisse nelle mani. Son cose che una teoria astratta non riceve, non inventa, non sogna neppure; bensì la passione le fa.

Intimò dunque l'iniquo esaminatore al Piazza: *che dica la verità per qual causa nega di sapere che siano state onte le muraglie, et di sapere come si chiamino li deputati, che altrimente, come cose inuerisimili, si metterà alla corda, per hauer la verità di queste inuerisimilitudini. — Se me la vogliono anche far attaccar al collo, lo faccino; che di queste cose che mi hanno interrogato non ne so niente*, rispose l'infelice, con quella specie di coraggio disperato, con cui la ragione sfida alle volte la forza, come per farle sentire che, a qualunque segno arrivi, non arriverà mai a diventar ragione.

E si veda a che miserabile astuzia dovettero ricorrer que' signori, per dare un po' più di colore al pretesto. Andarono, come abbiam detto, a caccia d'una seconda *bugia*, per poter parlarne con la formola del plurale; cercarono un altro zero, per ingrossare un conto in cui non avevan potuto fare entrar nessun numero.

È messo alla tortura; gli s'intima *che si risolua di dire la verità*; risponde, tra gli urli e i gemiti e l'invocazioni e le supplicazioni: *l'ho detta, signore*. Insistono. *Ah per amor di Dio!* grida l'infelice: *V.S. mi facci lasciar giù, che dirò quello che so; mi facci dare un po' d'aqua*. È lasciato giù, messo a sedere, interrogato di nuovo; risponde: *io non so niente; V.S. mi facci dare un poco d'aqua.*

Quanto è cieco il furore! Non veniva loro in mente che quello che volevan cavargli di bocca per forza, avrebbe potuto addurlo lui come un argomento fortissimo della sua innocenza, se fosse stato la verità, come, con atroce sicurezza, ripetevano. — Sì, signore, — avrebbe potuto rispondere: — avevo sentito dire che s'eran trovati unti i muri di via della Vetra; e stavo a baloccarmi sulla porta di casa vostra, signor presidente della Sanità! — E l'argomento sarebbe stato tanto più forte, in quanto, essendosi sparsa insieme la voce del fatto, e la voce che il Piazza ne fosse l'autore, questo avrebbe, insieme con la notizia, dovuto risapere il suo pericolo. Ma questa osservazion così ovvia, e che il furore non lasciava venire in mente a coloro, non poteva nemmeno venire in mente all'infelice, perchè non gli era stato detto di cosa fosse imputato. Volevan prima domarlo co' tormenti; questi eran per loro gli argomenti verosimili e probabili, richiesti dalla legge; volevan fargli sentire quale terribile, immediata conseguenza veniva dal risponder loro di no; volevano che si confessasse bugiardo una volta, per acquistare il diritto di non credergli, quando avrebbe detto: sono innocente. Ma non ottennero l'iniquo intento. Il Piazza, rimesso alla tortura, alzato da terra, intimatogli che verrebbe alzato di più, eseguita la minaccia, e sempre incalzato *a dir la verità*, rispose sempre: *l'ho detta*; prima urlando, poi a voce bassa; finchè i giudici, vedendo che ormai non avrebbe più potuto rispondere in nessuna maniera, lo fecero lasciar giù, e ricondurre in carcere.

Riferito l'esame in senato, il giorno 23, dal presidente della Sanità, che n'era membro, e dal capitano di giustizia, che ci sedeva quando fosse chiamato, quel tribunale supremo decretò che: "il Piazza, dopo essere stato raso, rivestito con gli abiti della curia, e purgato, fosse sottoposto alla tortura grave, con la legatura del canapo," atrocissima aggiunta, per la quale, oltre le braccia, si slogavano anche le mani; "a riprese, e ad arbitrio de' due magistrati suddetti; e ciò sopra alcune delle menzogne e inverisimiglianze risultanti dal processo."

Il solo senato aveva, non dico l'autorità, ma il potere d'andare impunemente tanto avanti per una tale strada. La legge romana sulla ripetizion de' tormenti[8], era interpretata in due maniere; e la men probabile era la più umana. Molti dottori (seguendo forse Odofredo[9], che è il solo citato da Cino da Pistoia[10], e il più antico de' citati dagli altri) intesero che la tortura non si potesse rinnovare, se non quando fossero sopravvenuti nuovi indizi, più evidenti de' primi, e, condizione che fu aggiunta poi, di diverso genere. Molt'altri, seguendo Bartolo[11], intesero che si potesse, quando i primi indizi fossero manifesti, evidentissimi, urgentissimi; e quando, condizione aggiunta poi anche questa, la tortura fosse stata leggiera[12]. Ora, nè l'una, nè l'altra interpretazione faceva punto al caso. Nessun nuovo indizio era emerso; e i primi erano che due donne avevan visto il Piazza toccar qualche muro; e, ciò ch'era indizio insieme e corpo del delitto, i magistrati avevan visto *alcuni segni di materia ontuosa* su que' muri abbruciacchiati e affumicati, e segnatamente in un andito.... dove il Piazza non era entrato. Di più, quest'indizi, quanto manifesti, evidenti e urgenti, ognun lo vede, non erano stati messi alla prova, discussi col reo. Ma che dico? il decreto del senato non fa neppur menzione d'indizi relativi al delitto, non applica neppur la legge a torto; fa come se non ci fosse. Contro ogni legge, contro ogni autorità, come contro ogni ragione, ordina che il Piazza sia torturato di nuovo, *sopra alcune bugie e inverisimiglianze*; ordina cioè a' suoi delegati di rifare, e più spietatamente, ciò che avrebbe dovuto punirli d'aver fatto. Perciocchè era (e poteva non essere?) dottrina universale, canone della giurisprudenza, che il giudice inferiore, il quale avesse messo un accusato alla tortura senza indizi legittimi, fosse punito dal superiore.

Ma il senato di Milano era tribunal supremo; in questo mondo, s'intende. E il senato di Milano, da cui il pubblico aspettava la sua vendetta, se non la salute, non doveva essere men destro, men perseverante, men fortunato scopritore, di Caterina Rosa. Chè tutto si faceva con l'autorità di costei; quel suo: *all'hora mi viene in pensiero se a caso fosse un poco uno de quelli*, com'era stato il primo movente del processo, così n'era ancora il regolatore e il modello; se non che colei aveva cominciato col dubbio, i giudici con la certezza. E non paia strano di vedere un tribunale farsi seguace ed emulo d'una o di due donnicciole; giacchè, quando s'è per la strada della passione, è naturale che i più ciechi guidino. Non paia strano il veder uomini i quali non dovevan essere, anzi non eran certamente di quelli che vogliono il male per il male, vederli, dico, violare così apertamente e crudelmente ogni diritto; giacchè il credere ingiustamente, è strada a ingiustamente operare, fin dove l'ingiusta persuasione possa condurre; e se la coscienza esita, s'inquieta, avverte, le grida d'un pubblico hanno la funesta forza (in chi dimentica d'avere un altro giudice) di soffogare i rimorsi; anche d'impedirli.

Il motivo di quelle odiose, se non crudeli prescrizioni, di tosare, rivestire, purgare, lo diremo con le parole del Verri. "In quei tempi credevasi che o ne' capelli e peli, ovvero nel vestito, o persino negli intestini trangugiandolo, potesse avere un amuleto o patto col demonio, onde rasandolo, spogliandolo e purgandolo ne venisse disarmato[13]". E questo era veramente de' tempi; la violenza era un fatto (con diverse forme) di tutti i tempi, ma una dottrina di nessun tempo.

Quel secondo esame non fu che una ugualmente assurda e più atroce ripetizione del primo, e con lo stesso effetto. L'infelice Piazza, interrogato prima, e contradetto con cavilli, che si direbbero puerili, se a nulla d'un tal fatto potesse convenire un tal vocabolo, e sempre su circostanze indifferenti al supposto delitto, e senza mai accennarlo nemmeno, fu messo a quella più crudele tortura che il senato aveva prescritta. N'ebbero parole di dolor disperato, parole di dolor supplichevole, nessuna di quelle che desideravano, e per ottener le quali avevano il coraggio di sentire, di far dire quell'altre. *Ah Dio mio! ah che assassinamento è questo! ah Signor fiscale!... Fatemi almeno appiccar presto... Fatemi tagliar via la mano... Ammazzatemi; lasciatemi almeno riposar un poco. Ah! signor Presidente! ... Per amor di Dio, fatemi dar da bere;* ma insieme: *non so niente, la verità l'ho detta.* Dopo molte e molte risposte tali, a quella freddamente e freneticamente ripetuta istanza di *dir la verità*, gli mancò la voce, ammutolì; per quattro volte non rispose; finalmente potè dire ancora una volta, con voce fioca; *non so niente; la verità l'ho già detta.* Si dovette finire, e ricondurlo di nuovo, non confesso, in carcere.

E non c'eran più nemmen pretesti, nè motivo di ricominciare: quella che avevan presa per una scorciatoia, gli aveva condotti fuor di strada. Se la tortura avesse prodotto il suo effetto, estorta la confession della bugia, tenevan l'uomo; e, cosa orribile! quanto più il soggetto della bugia era per sè indifferente, e di nessuna importanza, tanto più essa sarebbe stata, nelle loro mani, un argomento potente della reità del Piazza, mostrando che questo aveva bisogno di stare alla larga dal fatto, di farsene ignaro in tutto, in somma di mentire. Ma dopo una tortura illegale, dopo un'altra più illegale e più atroce, o grave, come dicevano, rimettere alla tortura un uomo, perchè negava d'aver sentito parlare d'un fatto, e di sapere il nome de' deputati d'una parrocchia, sarebbe stato eccedere i limiti dello straordinario. Eran dunque da capo, come se non avessero fatto ancor nulla; bisognava venire, senza nessun vantaggio, all'investigazion del supposto delitto, manifestare il reato al Piazza, interrogarlo. E se l'uomo negava? se, come aveva dato prova di saper fare, persisteva a negare anche ne' tormenti? I quali avrebbero dovuto essere assolutamente gli ultimi, se i giudici non volevano appropriarsi una terribil sentenza d'un loro collega, morto quasi da un secolo, ma la cui autorità era viva più che mai, il Bossi citato sopra. "Più di tre volte," dice, "non ho mai visto ordinar la tortura, se non da de' giudici boia: *nisi a carnificibus*[14]." E parla della tortura, ordinata legalmente!

Ma la passione è pur troppo abile e coraggiosa a trovar nuove strade, per iscansar quella del diritto, quand'è lunga e incerta.

Avevan cominciato con la tortura dello spasimo, ricominciarono con una tortura d'un altro genere. D'ordine del senato (come si ricava da una lettera autentica del capitano di giustizia al governatore Spinola, che allora si trovava all'assedio di Casale), l'auditor fiscale della Sanità, in presenza d'un notaio, promise al Piazza l'impunità, con la condizione (e questo si vede poi nel processo) che dicesse interamente la verità. Così eran riusciti a parlargli dell'imputazione, senza doverla discutere; a parlargliene, non per cavar dalle sue risposte i lumi necessari all'investigazion della verità, non per sentir quello che ne dicesse lui; ma per dargli uno stimolo potente a dir quello che volevan loro.

La lettera che abbiamo accennata, fu scritta il 28 di giugno, cioè quando il processo aveva, con quell'espediente, fatto un gran passo. "Ho giudicato conuenire," comincia, "che V.E. sapesse quello che si è scoperto nel particolare d'alcuni scelerati che, a' giorni passati, andauano ungendo i muri et le porte di questa città." E non sarà forse senza curiosità, nè senza istruzione, il veder come cose tali sian raccontate da quelli che le fecero. "Hebbi", dice dunque, "commissione dal Senato di formar processo, nel quale, per il detto d'alcune donne, e d'un huomo degno di fede, restò aggrauato un Guglielmo Piazza, huomo plebeio, ma ora Commissario della Sanità, ch'esso, il venerdì alli 21 su l'aurora, hauesse unto i muri di una contrada posta in Porta Ticinese, chiamata la Vetra de' Cittadini."

E l'uomo degno di fede, messo lì subito per corroborar l'autorità delle donne, aveva detto d'aver rintoppato il Piazza, *il quale io salutai, et lui mi rese il saluto.* Questo era stato aggravarlo! come se il delitto imputatogli fosse stato d'essere entrato in via della Vetra. Non parla poi il capitano di giustizia della visita fatta da lui per riconoscere il corpo del delitto; come non se ne parla più nel processo.

"Fu dunque", prosegue, "incontinente preso costui." E non parla della visita fattagli in casa, dove non si trovò *nulla di sospetto.*

"Et essendosi maggiormente nel suo esame aggrauato," (s'è visto!) "fu messo ad una graue tortura, ma non confessò il delitto."

Se qualcheduno avesse detto allo Spinola, che il Piazza non era stato interrogato punto intorno al delitto, lo Spinola avrebbe risposto: - Sono positivamente informato del contrario: il capitano di giustizia mi scrive, non questa cosa appunto, ch'era inutile; ma un'altra che la sottintende, che la suppone necessariamente; mi scrive che, messo ad una grave tortura, non lo confessò. — Se l'altro avesse insistito, — come! — avrebbe potuto dire l'uomo celebre e potente, — volete voi che il capitano di giustizia si faccia beffe di me, a segno di raccontarmi, come una notizia importante, che non è accaduto quello che non poteva accadere? — Eppure era proprio così: cioè, non era che il capitano di giustizia volesse farsi beffe del governatore; era che avevan fatta una cosa da non potersi raccontare nella maniera appunto che l'avevan fatta; era, ed è, che la falsa coscienza trova più facilmente pretesti per operare, che formole per render conto di quello che ha fatto.

Ma sul punto dell'impunità, c'è in quella lettera un altro inganno che lo Spinola avrebbe potuto, anzi dovuto conoscer da sè, almeno per una parte, se avesse pensato ad altro che a prender Casale, che non prese. Prosegue essa così: "finchè d'ordine del Senato (anco per esecutione della grida ultimamente fatta in questo particolare pubblicare da V.E.), promessa dal Presidente della Sanità a costui l'impunità, confessò finalmente, etc.".

Nel capitolo XXXI dello scritto antecedente, s'è fatto menzione d'una grida, con la quale il tribunale della Sanità prometteva premio e impunità a chi rivelasse gli autori degl'imbrattamenti trovati sulle porte e sui muri delle case, la mattina del 18 di maggio; e s'è anche accennata una lettera del tribunale suddetto al governatore, su quel fatto. In essa, dopo aver protestato che quella grida era stata pubblicata, *con participatione del Sig. Gran Cancelliere*, il quale faceva le veci del governatore, pregavan questo *di corroborarla con altra sua, con promessa di maggior premio*. E il governatore ne fece infatti promulgare una, in data del 13 di giugno, con la quale *promette a ciascuna persona che, nel termine di giorni trenta, metterà in chiaro la persona o le persone che hanno commesso, fauorito, aiutato cotal delitto, il premio, etc. et se quel tale sarà dei complici, gli promette anco l'impunità della pena.* Ed è per l'esecuzione di questa grida, così espressamente circoscritta a un fatto del 18 di maggio, che il capitano di giustizia dice essersi promessa l'impunità all'uomo accusato d'un fatto del 21 di giugno, e lo dice a quel medesimo che l'aveva, se non altro, sottoscritta! Tanto pare che si fidassero sull'assedio di Casale! giacchè sarebbe troppo strano il supporre che travedessero essi medesimi a quel segno.

Ma che bisogno avevano d'usare un tal raggiro con lo Spinola?

Il bisogno d'attaccarsi alla sua autorità, di travisare un atto irregolare e abusivo, e secondo la giurisprudenza comune, e secondo la legislazion del paese. Era, dico, dottrina comune che il giudice non potesse, di sua autorità propria, concedere impunità a un accusato[15]. E nelle costituzioni di Carlo V, dove sono attribuiti al senato poteri ampissimi, s'eccettua però quello di "concedere remissioni di delitti, grazie o salvocondotti; essendo cosa riservata al principe[16]". E il Bossi già citato, il quale, come senator di Milano in quel tempo, fu uno de' compilatori di quelle costituzioni, dice espressamente: "questa promessa d'impunità appartiene al principe solo[17]".

Ma perchè mettersi nel caso d'usare un tal raggiro, quando potevan ricorrere a tempo al governatore, il quale aveva sicuramente dal principe un tal potere, e la facoltà di trasmetterlo? E non è una possibilità immaginata da noi: è quello che fecero essi medesimi, all'occasione d'un altro infelice, involto più tardi in quel crudele processo. L'atto è registrato nel processo medesimo, in questi termini: *Ambrosio Spinola, etc. In conformità del parere datoci dal Senato con lettera dei cinque del corrente, concederete impunità, in virtù della presente, a Stefano Baruello, condannato come dispensatore et fabricatore delli onti pestiferi, sparsi per questa Città, ad estintione del Popolo, se dentro del termine che li sarà statuito dal detto Senato, manifestarà li auttori et complici di tale misfatto.*

Al Piazza l'impunità non fu promessa con un atto formale e autentico; furon parole dettegli dall'auditore della Sanità, fuor del processo. E questo s'intende: un tal atto sarebbe stato una falsità troppo evidente, se s'attaccava alla grida, un'usurpazion di potere, se non s'attaccava a nulla. Ma perchè, aggiungo, levarsi in certo modo la possibilità di mettere in forma solenne un atto di tanta importanza?

Questi perchè non possiam certo saperli positivamente; ma vedrem più tardi cosa servisse ai giudici l'aver fatto così.

A ogni modo, l'irregolarità d'un tal procedere era tanto manifesta, che il difensor del Padilla la notò liberamente. Benchè, come protesta con gran ragione, non avesse bisogno d'uscir da ciò che riguardava direttamente il suo cliente, per iscolparlo dalla pazza accusa; benchè, senza ragione, e con poca coerenza, ammetta un delitto reale, e de' veri colpevoli, in quel mescuglio d'immaginazioni e d'invenzioni; ciò non ostante, ad abbondanza, come si dice, e per indebolire tutto ciò che potesse aver relazione con quell'accusa, fa varie eccezioni alla parte del processo che riguarda gli altri. E a proposito dell'impunità, senza impugnar l'autorità del senato in tal materia (chè alle volte gli uomini si tengon più offesi a metter in dubbio il loro potere, che la loro rettitudine), oppone che il Piazza "fu introdotto nanti detto signor Auditore solamente, quale non haueua alcuna giurisditione... procedendo perciò nullamente, e contro li termini di ragione". E parlando della menzione che fu fatta più tardi, e occasionalmente, di quell'impunità, dice: "e pure, sino a quel ponto, non appare, nè si legge in processo impunità, quale pure, nanti detta redargutione, doueua constare in processo, secondo li termini di ragione".

In quel luogo delle difese c'è una parola buttata là, come incidentemente, ma significantissima. Ripassando gli atti che precedettero l'impunità, l'avvocato non fa alcuna eccezione espressa e diretta alla tortura data al Piazza, ma ne parla così: "sotto pretesto d'inuerisimili, torturato". Ed è, mi pare, una circostanza degna d'osservazione che la cosa sia stata chiamata col suo nome anche allora, anche davanti a quelli che n'eran gli autori, e da uno che non pensava punto a difender la causa di chi n'era stato la vittima.

Bisogna dire che quella promessa d'impunità fosse poco conosciuta dal pubblico, giacchè il Ripamonti, raccontando i fatti principali del processo, nella sua storia della peste, non ne fa menzione, anzi l'esclude indirettamente. Questo scrittore, incapace d'alterare apposta la verità, ma inescusabile di non aver letto, nè le difese del Padilla, nè l'estratto del processo che le accompagna, e d'aver creduto piuttosto alle ciarle del pubblico, o alle menzogne di qualche interessato, racconta in vece che il Piazza, subito dopo la tortura, e mentre lo slegavano per ricondurlo in carcere, uscì fuori con una rivelazione spontanea, che nessuno s'aspettava[18]. La bugiarda rivelazione fu fatta bensì, ma il giorno seguente, dopo l'abboccamento con l'auditore, e a gente che se l'aspettava benissimo. Sicchè, se non fossero rimasti que' pochi documenti, se il senato avesse avuto che fare soltanto col pubblico e con la storia, avrebbe ottenuto l'intento d'abbuiar quel fatto così essenziale al processo, e che diede le mosse a tutti gli altri che venner dopo.

Quello che passò in quell'abboccamento, nessuno lo sa, ognuno se l'immagina a un di presso. "È assai verosimile", dice il Verri, "che nel carcere istesso si sia persuaso a quest'infelice, che persistendo egli nel negare, ogni giorno sarebbe ricominciato lo spasimo; che il delitto si credeva certo, e altro spediente non esservi per lui fuorchè l'accusarsene e nominare i complici; così avrebbe salvata la vita, e si sarebbe sottratto alle torture pronte a rinnovarsi ogni giorno. Il Piazza dunque chiese, ed ebbe l'impunità, a condizione però che esponesse sinceramente il fatto[19]."

Non pare però punto probabile che il Piazza abbia chiesto lui l'impunità. L'infelice, come vedremo nel seguito del processo, non andava avanti se non in quanto era strascinato; ed è ben più credibile, che, per fargli fare quel primo, così strano e orribile passo, per tirarlo a calunniar sè e altri, l'auditore gliel'abbia offerta. E di più, i giudici, quando gliene parlaron poi, non avrebbero omessa una circostanza così importante, e che dava tanto maggior peso alla confessione; nè l'avrebbe omessa il capitano di giustizia nella lettera allo Spinola.

Ma chi può immaginarsi i combattimenti di quell'animo, a cui la memoria così recente de' tormenti avrà fatto sentire a vicenda il terror di soffrirli di nuovo, e l'orrore di farli soffrire! a cui la speranza di fuggire una morte spaventosa, non si presentava che accompagnata con lo spavento di cagionarla a un altro innocente! giacchè non poteva credere che fossero per abbandonare una preda, senza averne acquistata un'altra almeno, che volessero finire senza una condanna. Cedette, abbracciò quella speranza, per quanto fosse orribile e incerta;

assunse l'impresa, per quanto fosse mostruosa e difficile; deliberò di mettere una vittima in suo luogo. Ma come trovarla? a che filo attaccarsi? come scegliere tra nessuno? Lui, era stato un fatto reale, che aveva servito d'occasione e di pretesto per accusarlo. Era entrato in via della Vetra, era andato rasente al muro, l'aveva toccato; una sciagurata aveva traveduto, ma qualche cosa. Un fatto altrettanto innocente, e altrettanto indifferente fu, si vede, quello che gli suggerì la persona e la favola.

Il barbiere Giangiacomo Mora componeva e spacciava un unguento contro la peste; uno de' mille specifici che avevano e dovevano aver credito, mentre faceva tanta strage un male di cui non si conosce il rimedio, e in un secolo in cui la medicina aveva ancor così poco imparato a non affermare, e insegnato a non credere. Pochi giorni prima d'essere arrestato, il Piazza aveva chiesto di quell'unguento al barbiere; questo aveva promesso di preparargliene; e avendolo poi incontrato sul Carrobio, la mattina stessa del giorno che seguì l'arresto, gli aveva detto che il vasetto era pronto, e venisse a prenderlo. Volevan dal Piazza una storia d'unguento, di concerti, di via della Vetra: quelle circostanze così recenti gli serviron di materia per comporne una: se si può chiamar comporre l'attaccare a molte circostanze reali un'invenzione incompatibile con esse.

Il giorno seguente, 26 di giugno, il Piazza è condotto davanti agli esaminatori, e l'auditore gl'intima: *che dica conforme a quello che estraiudicialmente confessò a me, alla presenza anco del Notaro Balbiano, se sa chi è il fabricatore degli unguenti, con quali tante volte si sono trouate ontate le porte et mura delle case et cadenazzi di questa città.*

Ma il disgraziato, che, mentendo a suo dispetto, cercava di scostarsi il possibile meno dalla verità, rispose soltanto: *a me l'ha dato lui l'unguento, il Barbiero.* Son le parole tradotte letteralmente, ma messe così fuor di luogo dal Ripamonti: *dedit unguenta mihi tonsor.*

Gli si dice *che nomini il detto Barbiero;* e il suo complice, il suo ministro in un tale attentato, risponde: *credo habbi nome Gio. Jacomo, la cui parentela* (il cognome) *non so*. Non sapeva di certo, che dove stesse di casa, anzi di bottega; e, a un'altra interrogazione, lo disse.

Gli domandano *se da detto Barbiero lui Constituto ne ha hauuto o poco o assai di detto unguento.* Risponde: *me ne ha dato tanta quantità come potrebbe capire questo calamaro che è qua sopra la tauola.* Se avesse ricevuto dal Mora il vasetto del preservativo che gli aveva chiesto, avrebbe descritto quello; ma non potendo cavar nulla dalla sua memoria, s'attacca a un oggetto presente, per attaccarsi a qualcosa di reale. Gli domandano *se detto Barbiero è amico di lui Constituto.* E qui, non accorgendosi come la verità che gli si presenta alla memoria, faccia ai cozzi con l'invenzione, risponde: *è amico, signor sì, buon dì, buon anno, è amico, signor sì;* val a dire che lo conosceva appena di saluto.

Ma gli esaminatori, senza far nessuna osservazione, passarono a domandargli, *con qual occasione detto Barbiero gli ha dato detto onto.* Ed ecco cosa rispose: *passai di là, et lui chiamandomi mi disse: vi ho puoi da dare un non so che; io gli dissi che cosa era? et egli disse: è non so che onto; et io dissi: sì, sì, verrò puoi a tuorlo; et così da lì a due o tre giorni, me lo diede puoi.* Altera le circostanze materiali del fatto, quanto è necessario per accomodarlo alla favola; ma gli lascia il suo colore; e alcune delle parole che riferisce, eran probabilmente quelle ch'eran corse davvero tra loro. Parole dette in conseguenza d'un concerto già preso, a proposito d'un preservativo, le dà per dette all'intento di proporre di punto in bianco un avvelenamento, almen tanto pazzo quanto atroce.

Con tutto ciò, gli esaminatori vanno avanti con le domande, sul luogo, sul giorno, sull'ora della proposta e della consegna; e, come contenti di quelle risposte, ne chiedon dell'altre. *Che cosa gli disse quando gli consegnò il detto vasetto d'onto?*

Mi disse: pigliate questo vasetto, et ongete le muraglie qui adietro, et poi venete da me, che hauerete una mano de danari.

> *«Ma perchè il barbiere senza arrischiare non ungeva da sè di notte! »*

postilla qui, stavo per dire esclama, il Verri. E una tale inverisimiglianza avventa, per dir così, ancor più in una risposta successiva.

Interrogato *se il detto Barbiero assignò a lui Constituto il luogo preciso da ongere*, risponde: *mi disse che ongessi lì nella Vedra de' Cittadini, et che cominciassi dal suo uschio, dove in effetto cominciai.*

"Nemmeno l'uscio suo proprio aveva unto il barbiere!" postilla qui di nuovo il Verri. E non ci voleva, certo, la sua perspicacia per fare un'osservazion simile; ci volle l'accecamento della passione per non farla, o la malizia della passione per non farne conto, se, come è più naturale, si presentò anche alla mente degli esaminatori.

L'infelice inventava così a stento, e come per forza, e solo quando era eccitato, e come punto dalle domande, che non si saprebbe indovinare se quella promessa di danari sia stata immaginata da lui, per dar qualche ragione dell'avere accettata una commission di quella sorte, o se gli fosse stata suggerita da un'interrogazion dell'auditore, in quel tenebroso abboccamento. Lo stesso bisogna dire d'un'altra invenzione, con la quale, nell'esame, andò incontro indirettamente a un'altra difficoltà, cioè come mai avesse potuto maneggiar quell'unto così mortale, senza riceverne danno. Gli domandano *se detto Barbiero disse a lui Constituto per qual causa facesse ontare le dette porte et muraglie.* Risponde: *lui non mi disse niente; m'imagino bene che detto onto fosse velenato, et potesse nocere alli corpi humani, poichè la mattina seguente mi diede un'aqua da beuere, dicendomi che mi sarei preservato dal veleno di tal onto.*

A tutte queste risposte, e ad altre d'ugual valore, che sarebbe lungo e inutile il riferire, gli esaminatori non trovaron nulla da opporre, o per parlar più precisamente, non opposero nulla. D'una sola cosa credettero di dover chiedere spiegazione: *per qual causa non l'ha potuto dire le altre volte.*

Rispose: *io non lo so, nè so a che attribuire la causa, se non a quella aqua che mi diede da bere; perchè V.S. vede bene che, per quanti tormenti ho hauuto, non ho potuto dir niente.*

Questa volta però, quegli uomini così facili a contentarsi, non son contenti, e tornano a domandare: *per qual causa non ha detto questa verità prima di adesso, massime sendo stato tormentato nella maniera che fu tormentato, et sabbato et hieri.*

Questa verità!

Risponde: *io non l'ho detta, perchè non ho potuto, et se io fossi stato cent'anni sopra la corda, io non haueria mai potuto dire cosa alcuna, perchè non potevo parlare, poichè quando m'era dimandata qualche cosa di questo particolare, mi fugiva dal cuore, et non poteuo rispondere.* Sentito questo, chiuser l'esame, e rimandaron lo sventurato in carcere.

Ma basta il chiamarlo sventurato?

A una tale interrogazione, la coscienza si confonde, rifugge, vorrebbe dichiararsi incompetente; par quasi un'arroganza spietata, un'ostentazion farisaica, il giudicar chi operava in tali angosce, e tra tali insidie. Ma costretta a rispondere, la coscienza deve dire: fu anche colpevole; i patimenti e i terrori dell'innocente sono una gran cosa, hanno di gran virtù; ma non quella di mutar la legge eterna, di far che la calunnia cessi d'esser colpa. E la compassione stessa, che vorrebbe pure scusare il tormentato, si rivolta subito anch'essa contro il calunniatore: ha sentito nominare un altro innocente; prevede altri patimenti, altri terrori, forse altre simili colpe.

E gli uomini che crearon quell'angosce, che tesero quell'insidie, ci parrà d'averli scusati con dire: si credeva all'unzioni, e c'era la tortura? Crediam pure anche noi alla possibilità d'uccider gli uomini col veleno; e cosa si direbbe d'un giudice che adducesse questo per argomento d'aver giustamente condannato un uomo come avvelenatore? C'è pure ancora la pena di morte; e cosa si risponderebbe a uno che pretendesse con questo di giustificar tutte le sentenze di morte? No; non c'era la tortura per il caso di Guglielmo Piazza: furono i giudici che la vollero, che, per dir così, l'inventarono in quel caso. Se gli avesse ingannati, sarebbe stata loro colpa, perchè era opera loro; ma abbiam visto che non gl'ingannò. Mettiam pure che siano stati ingannati dalle parole del Piazza nell'ultimo esame, che abbian potuto credere un fatto, esposto, spiegato, circostanziato in quella maniera. Da che eran mosse quelle parole? come l'avevano avute? Con un mezzo, sull'illegittimità del quale non dovevano ingannarsi, e non s'ingannarono infatti, poichè cercarono di nasconderlo e di travisarlo.

Se, per impossibile, tutto quello che venne dopo fosse stato un concorso accidentale di cose le più atte a confermar l'inganno, la colpa rimarrebbe ancora a coloro che gli avevano aperta la strada. Ma vedremo in vece che tutto fu condotto da quella medesima loro volontà, la quale, per mantener l'inganno fino alla fine, dovette ancora eluder le leggi, come resistere all'evidenza, farsi gioco della probità, come indurirsi alla compassione.

---

1. Praxis et Theoricæ criminalis, Quæst. LII, 11, 13, 14.

2. Ibid. Quæst. XXXVII, 2, 3, 4.
3. P. Follerii, Pract. Crim., Cap. Quod suffocavit, 52.
4. Quanto crimen est gravius, tanto praesumptiones debent esse vehementiores; quia ubi majus periculum, ibi cautius est agendum. - Abbatis Panormitani, Commentaria in libros decretalium. Praesumptionibus, Cap. XIV, 3.
5. Clar. Sent. Rec. lib. V, § 1, 9.
6. Hipp. Riminaldi, Consilia; LXXXVIII, 53. - Farin. Quaest. XXXVII, 79.
7. Clar. Ib. Lib. V, § fin. Quæst. LXIV, 9.
8. Reus evidentioribus argumentis oppressus, repeti in quæstionem potest. Dig. lib. XLVIII, tit. 18, l. 18.
9. Numquid potest repeti quæstio? Videtur quod sic; ut Dig. eo. l. Repeti. Sed vos dicatis quod non potest repeti sine novi indiciis. Odofredi, ad Cod. lib. IX, tit. 41, l. 18.
10. Cyni Pistoriensis, super Cod. lib. IX, tit. 41, l. de tormetis, 8.
11. Bart. ad Dig. loc. cit.
12. V. Farinac. Quæst. XXXVIII, 72, et seq.
13. Oss. § III.
14. Tractat. var.; tit. De tortura, 44.
15. V. Farinacci Quest. LXXXI, 277.
16. Constitutiones dominii mediolanensis; De Senatoribus.
17. Op. cit. tit. De confessis per torturam, II.
18. De peste, etc. pag. 84.
19. Oss. § IV.

CAPITOLO QUATTRO

L'auditore corse, con la sbirraglia, alla casa del Mora, e lo trovarono in bottega. Ecco un altro reo che non pensava a fuggire, nè a nascondersi, benchè il suo complice fosse in prigione da quattro giorni. C'era con lui un suo figliuolo; e l'auditore ordinò che fossero arrestati tutt'e due.

Il Verri, spogliando i libri parrocchiali di San Lorenzo, trovò che l'infelice barbiere poteva avere anche tre figlie; una di quattordici anni, una di dodici, una che aveva appena finiti i sei. Ed è bello il vedere un uomo ricco, nobile, celebre, in carica, prendersi questa cura di scavar le memorie d'una famiglia povera, oscura, dimenticata: che dico? infame; e in mezzo a una posterità, erede cieca e tenace della stolta esecrazione degli avi, cercar nuovi oggetti a una compassion generosa e sapiente. Certo, non è cosa ragionevole l'opporre la compassione alla giustizia, la quale deve punire anche quando è costretta a compiangere, e non sarebbe giustizia, se volesse condonar le pene de' colpevoli al dolore degl'innocenti. Ma contro la violenza e la frode, la compassione è una ragione anch'essa. E se non fossero state che quelle prime angosce d'una moglie e d'una madre, quella rivelazione d'un così nuovo spavento, e d'un così nuovo cordoglio a bambine che vedevano metter le mani addosso al loro padre, al fratello, legarli, trattarli come scellerati; sarebbe un carico terribile contro coloro, i quali non avevano dalla giustizia il dovere, e nemmeno dalla legge il permesso di venire a ciò.

Chè, anche per procedere alla cattura, ci volevano naturalmente degl'indizi. E qui non c'era nè fama, nè fuga, nè querela d'un offeso, nè accusa di persona degna di fede, nè deposizion di testimoni; non c'era alcun corpo di delitto; non c'era altro che il detto d'un supposto complice. E perchè un detto tale, che non aveva per sè valor di sorte alcuna, potesse dare al giudice la facoltà di procedere, eran necessarie molte condizioni. Più d'una essenziale, avremo occasion di vedere che non fu osservata; e si potrebbe facilmente dimostrarlo di molt'altre. Ma non ce n'è bisogno; perchè, quand'anche fossero state adempite tutte a un puntino, c'era in questo caso una circostanza che rendeva l'accusa radicalmente e insanabilmente nulla: l'essere stata fatta in conseguenza d'una promessa d'impunità. "A chi rivela per la speranza dell'impunità, o concessa dalla legge, o promessa dal giudice, non si crede nulla contro i nominati," dice il Farinacci[1]. E il Bossi: "si può opporre al testimonio che quel che ha detto, l'abbia detto per essergli stata promessa l'impunità... mentre un testimonio deve parlar sinceramente, e non per la speranza d'un vantaggio... E questo vale anche ne' casi in cui, per altre ragioni, si può fare eccezione alla regola che esclude il complice dall'attestare... perchè colui che attesta per una promessa d'impunità, si chiama corrotto, e non gli si crede[2]". Ed era dottrina non contradetta.

Mentre si preparavano a visitare ogni cosa, il Mora disse all'auditore: *Oh V. S. veda! so che è venuta per quell'unguento; V. S. lo veda là; et aponto quel vasettino l'haueuo apparecchiato per darlo al Commissario, ma non è venuto a pigliarlo; io, gratia a Dio, non ho fallato. V. S. veda per tutto; io non ho fallato: può sparagnare di farmi tener legato.* Credeva l'infelice, che il suo reato fosse d'aver composto e spacciato quello specifico, senza licenza.

Frugan per tutto; ripassan vasi, vasetti, ampolle, alberelli, barattoli. (I barbieri, a quel tempo, esercitavan la bassa chirurgia; e di lì a fare anche un po' il medico, e un po' lo speziale, non c'era che un passo.)

Due cose parvero sospette; e, chiedendo scusa al lettore, siam costretti a parlarne, perchè il sospetto manifestato da coloro, nell'atto della visita, fu quello che diede poi al povero sventurato un'indicazione, un mezzo per potersi accusare ne' tormenti. E del resto c'è in tutta questa storia qualcosa di più forte che lo schifo.

In tempo di peste, era naturale che un uomo, il quale doveva trattar con molte persone, e principalmente con ammalati, stesse, per quanto era possibile, segregato dalla famiglia: e il difensor del Padilla fa questa osservazione dove, come vedremo or ora, oppone al processo la mancanza d'un corpo di delitto. La peste medesima poi aveva diminuito in quella desolata popolazione il bisogno della pulizia, ch'era già poco. Si trovaron perciò in una stanzina dietro la bottega, *duo vasa stercore humano plena*, dice il processo. Un birro se ne maraviglia, e (a tutti era lecito di parlar contro gli untori) fa osservare *che di sopra vi è il condotto*. Il Mora rispose: *io dormo qui da basso, et non vado di sopra.*

La seconda cosa fu che in un cortiletto si vide *un fornello con dentro murata una caldara di rame, nella quale si è trovato dentro dell'acqua torbida, in fondo della quale si è trovato una materia viscosa gialla et bianca, la quale, gettata al muro, fattone la prova, si attaccava.* Il Mora disse: *l'è smoglio* (ranno): e il processo nota che lo disse con molta insistenza: cosa che fa vedere quanto essi mostrassero di trovarci mistero. Ma come mai s'arrischiarono di far tanto a confidenza con quel veleno così potente e così misterioso? Bisogna dire che il furore soffogasse la paura, che pure era una delle sue cagioni.

Tra le carte poi si trovò una ricetta, che l'auditore diede in mano al Mora, perchè spiegasse cos'era. Questo la stracciò, perchè, in quella confusione, l'aveva presa per la ricetta dello specifico. I pezzi furon raccolti subito; ma vedremo come questo miserabile accidente fu poi fatto valere contro quell'infelice.

Nell'estratto del processo non si trova quante persone fossero arrestate insieme con lui. Il Ripamonti dice che menaron via tutta la gente di casa e di bottega; giovani, garzoni, moglie, figli, e anche parenti, se ce n'era lì[3].

Nell'uscir da quella casa, nella quale non doveva più rimetter piede, da quella casa che doveva esser demolita da' fondamenti, e dar luogo a un monumento d'infamia, il Mora disse: *io non ho fallato, et se ho fallato, che sij castigato; ma da quello Elettuario in puoi, io non ho fatto altro; però, se hauessi fallato in qualche cosa, ne domando misericordia.*

Fu esaminato il giorno medesimo, e interrogato principalmente sul ranno che gli avevan trovato in casa, e sulle sue relazioni col commissario. Intorno al primo, rispose: *signore, io non so niente, et l'hanno fatto far le donne; che ne dimandano conto da loro, che lo diranno; et sapeuo tanto io che quel smoglio vi fosse, quanto che mi credessi d'esser oggi condotto prigione.*

Intorno al commissario, raccontò del vasetto d'unguento che doveva dargli, e ne specificò gl'ingredienti; altre relazioni con lui, disse di non averne avute, se non che, circa un anno prima, quello era venuto a casa sua, a chiedergli un servizio del suo mestiere.

Subito dopo fu esaminato il figliuolo; e fu allora che quel povero ragazzo ripetè la sciocca ciarla del vasetto e della penna, che abbiam riferita da principio. Del resto, l'esame fu inconcludente; e il Verri osserva, in una postilla, che "si doveva interrogare il figlio del barbiere su quel ranno, e vedere da quanto tempo si trovava nella caldaia, come fatto, a che uso; e allora si sarebbe chiarito meglio l'affare. Ma," soggiunge, "temevano di non trovarlo reo." E questa veramente è la chiave di tutto.

Interrogarono però su quel particolare la povera moglie del Mora, la quale alle varie domande rispose che aveva fatto il bucato dieci o dodici giorni avanti; che ogni volta riponeva del ranno per certi usi di chirurgia; che per questo gliene avevan trovato in casa; ma che quello non era stato adoprato, non essendocene stato bisogno.

Si fece esaminare quel ranno da due lavandaie, e da tre medici. Quelle dissero ch'era ranno, ma alterato; questi, che non era ranno; le une e gli altri, perchè il fondo appiccicava e faceva le fila. "In una bottega d'un barbiere," dice il Verri, "dove si saranno lavati de' lini sporchi e dalle piaghe e da' cerotti, qual cosa più naturale che il trovarsi un sedimento viscido, grasso, giallo, dopo varii giorni d'estate?[4]"

Ma in ultimo, da quelle visite non risultava una scoperta; risultava soltanto una contradizione. E il difensore del Padilla ne deduce, con troppo evidente ragione, che "dalla lettura dell'istesso processo offensiuo, non si vede constare del corpo del delitto; requisito e preambolo necessario, acciò si venga a Reato, atto tanto pregiudiciale, e danno irreparabile." E osserva che, tanto più era necessario, in quanto l'effetto che si voleva attribuire a un delitto, il morir tante persone, aveva la sua causa naturale. "Per i quali giuditii incerti", dice, "quanto fosse necessario venire all'esperienza, lo ricercauano le maligne costellationi, et li pronostici de' Matthematici, quali nell'anno 1630 altro non concludevano che peste, e finalmente il veder tante città insigni della Lombardia, et Italia rimanere desolate, et dalla peste distrutte, in quali non si sentirno pensieri, nè timori di onto." Anche l'errore vien qui in aiuto della verità: la quale però non n'aveva bisogno. E fa male il vedere come quest'uomo, dopo aver fatto e questa e altre osservazioni, ugualmente atte a dimostrar chimerico il delitto medesimo, dopo avere attribuito alla forza de' tormenti le deposizioni che accusavano il suo cliente, dica in un luogo queste strane parole: "conuien confessare, che per malignità de' detti nominati, et altri complici, con animo ancor di sualigiare le case, et far guadagni, come il detto barbiere, al fol. 104, disse, si mouessero a tanto delitto contro la propria Patria."

Nella lettera d'informazione al governatore, il capitano di giustizia parla di questa circostanza così: "Il barbiero è preso, in casa di cui si sono trovate alcune misture, per giudicio de periti, molto sospette." Sospette! È una parola con cui il giudice comincia, ma con cui non finisce, se non suo malgrado, e dopo aver tentati tutti i mezzi per arrivare alla certezza. E se ognuno non sapesse, o non indovinasse quelli ch'erano in uso anche allora, e che si sarebbero potuti adoprare, quando si fosse veramente pensato a chiarirsi sulla qualità velenosa di quella porcheria, l'uomo che presiedeva al processo ce l'avrebbe fatto sapere. In quell'altra lettera rammentata poco sopra, con la quale il tribunale della Sanità aveva informato il governatore di quel grande imbrattamento del 18 di maggio, si parlava pure d'un esperimento fatto sopra de' cani, "per accertarsi se tali ontuosità erano pestilentiali o no". Ma allora non avevan nelle mani nessun uomo sul quale potessero fare l'esperimento della tortura, e contro il quale le turbe gridassero: *tolle!*

Prima però di mettere alle strette il Mora, vollero aver dal commissario più chiare e precise notizie; e il lettore dirà che ce n'era bisogno. Lo fecero dunque venire, e gli domandarono se ciò che aveva deposto era vero, e se non si rammentava d'altro. Confermò il primo detto, ma non trovò nulla da aggiungerci.

Allora gli dissero *che ha molto dell'inuerisimile che tra lui et detto barbiero non sia passata altra negotiatione di quella che ha deposto, trattandosi di negotio tanto graue, il quale non si commette a persone per eseguirlo, se non con grande et confidente negotiatione, et non alla fugita, come lui depone.*

L'osservazione era giusta, ma veniva tardi. Perchè non farla alla prima, quando il Piazza depose la cosa in que' termini? Perchè una cosa tale chiamarla *verità?* Che avessero il senso del verisimile così ottuso, così lento, da volerci un giorno intero per accorgersi che lì non c'era? Essi? Tutt'altro. L'avevan delicatissimo, anzi troppo delicato. Non eran que' medesimi che avevan trovato, e immediatamente, cose inverisimili che il Piazza non avesse sentito parlare dell'imbrattamento di via della Vetra, e non sapesse il nome de' deputati d'una parrocchia? E perchè in un caso così sofistici, in un altro così correnti?

Il perchè lo sapevan loro, e Chi sa tutto; quello che possiamo vedere anche noi è che trovaron l'inverisimiglianza, quando poteva essere un pretesto alla tortura del Piazza; non la trovarono quando sarebbe stata un ostacolo troppo manifesto alla cattura del Mora.

Abbiam visto, è vero, che la deposizion del primo, come radicalmente nulla, non poteva dar loro alcun diritto di venire a ciò. Ma poichè volevano a ogni modo servirsene, bisognava almeno conservarla intatta. Se gli avessero dette la prima volta quelle parole: *ha molto dell'inuerisimile*; se lui non avesse sciolta la difficoltà, mettendo il fatto in forma meno strana, e senza contradire al già detto (cosa da sperarsi poco); si sarebbero trovati al bivio, o di dover lasciare stare il Mora, o di carcerarlo dopo avere essi medesimi protestato, per dir così, anticipatamente contro un tal atto.

L'osservazione fu accompagnata da un avvertimento terribile. *Et perciò se non si risoluerà di dire interamente la verità, come ha promesso, se gli protesta che non se gli seruarà l'impunità promessa, ogni volta che si trovi diminuta la suddetta sua confessione, et non intiera di tutto quello è passato tra di lui et il suddetto Barbiero, et per il contrario, dicendo la verità se gli seruarà l'impunità promessa.*

E qui si vede, come avevamo accennato sopra, cosa potè servire ai giudici il non ricorrere al governatore per quell'impunità. Concessa da questo, con autorità regia e riservata, con un atto solenne, e da inserirsi nel processo, non si poteva ritirarla con quella disinvoltura. Le parole dette da un auditore si potevano annullare con altre parole.

Si noti che l'impunità per il Baruello fu chiesta al governatore il 5 di settembre, cioè dopo il supplizio del Piazza, del Mora, e di qualche altro infelice. Si poteva allora mettersi al rischio di lasciarne scappar qualcheduno: la fiera aveva mangiato, e i suoi ruggiti non dovevan più esser così impazienti e imperiosi.

A quell'avvertimento, il commissario dovette, poichè stava fermo nel suo sciagurato proposito, aguzzar l'ingegno quanto poteva, ma non seppe far altro che ripeter la storia di prima. *Dirò a V. S.: due dì avanti che mi dasse l'onto, era il detto Barbiero sul corso di Porta Ticinese, con tre d'altri in compagnia; et vedendomi passare, mi disse: Commissario, ho un onto da darui; io gli dissi: volete darmelo adesso? lui mi disse di no, et all'hora non mi disse l'effetto che doueua fare il detto onto; ma quando me lo diede poi, mi disse ch'era onto da ongere le muraglie, per far morire la gente; nè io gli dimandai se lo haueua provato.* Se non che la prima volta aveva detto: *lui non mi disse niente; m'imagino bene che detto onto fosse velenato;* la seconda: *mi disse ch'era per far morire la gente.* Ma senza farsi caso d'una tal contradizione, gli domandano chi erano *quelli che erano con detto Barbiero, et come erano vestiti.*

Chi fossero, non lo sa; sospetta che dovessero essere vicini del Mora; come fossero vestiti, non se ne rammenta; solo mantiene che è vero tutto ciò che ha deposto contro di lui. Interrogato se è pronto a sostenerglielo in faccia, risponde di sì. È messo alla tortura, per purgar l'infamia, e perchè possa fare indizio contro quell'infelice.

I tempi della tortura sono, grazie al cielo, abbastanza lontani, perchè queste formole richiedano spiegazione. Una legge romana prescriveva che "la testimonianza d'un gladiatore o di persona simile, non valesse senza i tormenti[5]." La giurisprudenza aveva poi determinate, sotto il titolo d'infami, le persone alle quali questa regola dovesse applicarsi; e il reo, confesso o convinto, entrava in quella categoria. Ecco dunque in che maniera intendevano che la tortura purgasse l'infamia. Come infame, dicevano, il complice non merita fede; ma quando affermi una cosa contro un suo interesse forte, vivo, presente, si può credere che la verità sia quella che lo sforzi ad affermare. Se dunque, dopo che un reo s'è fatto accusatore d'altri, gli s'intima, o di ritrattar l'accusa, o di sottoporsi ai tormenti, e lui persiste nell'accusa; se, ridotta la minaccia ad effetto, persiste anche ne' tormenti, il suo detto diventa credibile: la tortura ha purgato l'infamia, restituendo a quel detto l'autorità che non poteva avere dal carattere della persona.

E perchè dunque non avevan fatta confermare al Piazza ne' tormenti la prima deposizione? Fu anche questo per non mettere a cimento quella deposizione, così insufficiente, ma così necessaria alla cattura del Mora? Certo una tale omissione rendeva questa ancor più illegale: giacchè era bensì ammesso che l'accusa dell'infame, non confermata ne' tormenti, potesse dar luogo, come qualunque altro più difettoso indizio, a prendere informazioni, ma non a procedere contro la persona[6]. E riguardo alla consuetudine del foro milanese, ecco quel che attesta il Claro in forma generalissima: "Affinchè il detto del complice faccia fede, è necessario che sia confermato ne' tormenti, perchè, essendo lui infame a cagion del suo proprio delitto, non può essere ammesso come testimonio, senza tortura; e così si pratica da noi: *et ita apud nos servatur*[7]".

Era dunque legale almeno la tortura data al commissario in quest'ultimo costituto? No, certamente: era iniqua, anche secondo le leggi, poichè gliela davano per convalidare un'accusa che non poteva diventar valida con nessun mezzo, a cagion dell'impunità da cui era stata promossa. E si veda come gli avesse avvertiti a proposito il loro Bossi. "Essendo la tortura un male irreparabile, si badi bene di non farla soffrire in vano a un reo in casi simili, cioè quando non ci siano altre presunzioni o indizi del delitto[8]."

Ma che? facevan dunque contro la legge, a dargliela, e a non dargliela? Sicuro; e qual maraviglia che chi s'è messo in una strada falsa, arrivi a due che non son buone, nè l'una nè l'altra?

Del resto, è facile indovinare che la tortura datagli per fargli ritrattare un'accusa, non dovette esser così efficace come quella datagli per isforzarlo ad accusarsi. Infatti, non ebbero questa volta a scrivere esclamazioni, a registrare urli nè gemiti: sostenne tranquillamente la sua deposizione.

Gli domandaron due volte perchè non l'avesse fatta ne' primi costituti. Si vede che non potevan levarsi dalla testa il dubbio, e dal cuore il rimorso che quella sciocca storia fosse un'ispirazion dell'impunità.

Rispose: *fu per l'impedimento dell'aqua che ho detto che haueuo beuuta.* Avrebbero certamente desiderato qualcosa di più concludente; ma bisognava contentarsi. Avevan trascurati, che dico? schivati, esclusi, tutti i mezzi che potevan condurre alla scoperta della verità: delle due contrarie conclusioni che potevan risultare dalla ricerca, n'avevan voluta una, e adoprato, prima un mezzo, poi un altro, per ottenerla a qualunque costo: potevan pretendere di trovarci quella soddisfazione che può dar la verità sinceramente cercata? Spegnere il lume è un mezzo opportunissimo per non veder la cosa che non piace, ma non per veder quella che si desidera.

Calato dalla fune, e mentre lo slegavano, il commissario disse: *Signore, vi voglio un puoco pensar sino a dimani, et dirò poi quello d'auantaggio, che mi ricorderò, tanto contro di lui, quanto d'altri.*

Mentre poi lo riconducevano in carcere, si fermò, dicendo: *ho non so che da dire*; e nominò come gente amica del Mora, e pochi di buono, quel Baruello, e due *foresari*[9], Girolamo e Gaspare Migliavacca, padre e figlio.

Così lo sciagurato cercava di supplir col numero delle vittime alla mancanza delle prove. Ma coloro che l'avevano interrogato, potevano non accorgersi che quell'aggiungere era una prova di più che non aveva che rispondere? Eran loro che gli avevan chiesto delle circostanze che rendessero verisimile il fatto; e chi propone la difficoltà, non si può dir che non la veda. Quelle nuove denunzie in aria, o que' tentativi di denunzie volevan dire apertamente: voi altri pretendete ch'io vi renda chiaro un fatto; come è possibile, se il fatto non è? Ma, in ultimo, quel che vi preme è d'aver delle persone da condannare: persone ve ne do; a voi tocca a cavarne quel che vi bisogna. Con qualcheduno vi riuscirà: v'è pur riuscito con me.

Di que' tre nominati dal Piazza, e d'altri che, andando avanti, furon nominati con ugual fondamento, e condannati con ugual sicurezza, non faremo menzione, se non in quanto potrà esser necessario alla storia di lui e del Mora (i quali, per essere i primi caduti in quelle mani, furono riguardati sempre come i principali autori del delitto); o in quanto ne esca qualcosa degna di particolare osservazione. Omettiamo pure in questo luogo, come faremo altrove, de' fatti secondari e incidenti, per venir subito al secondo esame del Mora; che fu in quel giorno medesimo.

In mezzo a varie domande, sul suo specifico, sul ranno, su certe lucertole che aveva fatto prender da de' ragazzi, per comporne un medicamento di que' tempi (domande alle quali soddisfece come un uomo che non ha nulla da nascondere nè da inventare), gli metton lì i pezzi di quella carta che aveva stracciata nell'atto della visita. *La rico-*

nosco, disse, per quella scrittura che io strazziai inauertentamente; et si potranno li pezzetti congregar insieme, per veder la continenza, et mi verrà ancora a memoria da chi mi sij stata data.

Passaron poi a fargli un'interrogazione di questa sorte: *in che modo, non hauendo più che tanta amicitia con il detto Commissario chiamato Gulielmo Piazza, come ha detto nel precedente suo esame, esso Commissario con tanta libertà gli ricercò il suddetto vaso di preseruatiuo; et lui Constituto, con tanta libertà et prestezza, si offerse di darglielo, et l'interpellò di andarlo a pigliare, come nell'altro suo esame ha deposto.*

Ecco che torna in campo la misura stretta della verisimiglianza. Quando il Piazza asserì per la prima volta, che il barbiere, *suo amico di bon dì e bon anno*, con quella medesima *libertà e prestezza*, gli aveva offerto un vasetto per far morire la gente, non gli fecero difficoltà; la fanno a chi asserisce che si trattava d'un rimedio. Eppure, si devono naturalmente usar meno riguardi nel cercare un complice necessario a una contravvenzion leggiera, e per una cosa in sè onestissima, che a cercarlo, senza necessità, per un attentato pericoloso quanto esecrabile: e non è questa una scoperta che si sia fatta in questi due ultimi secoli. Non era l'uomo del secento che ragionava così alla rovescia: era l'uomo della passione. Il Mora rispose: *io lo feci per l'interesse.*

Gli domandano poi se conosce quelli che il Piazza aveva nominati; risponde che li conosce, ma non è loro amico, perchè *son certa gente da lasciarli fare il fatto suo.* Gli domandano se sa chi avesse fatto quell'imbrattamento di tutta la città; risponde di no. Se sa da chi il commissario abbia avuto l'unguento per unger le muraglie: risponde ancora di no.

Gli domandan finalmente: *se sa che persona alcuna, con offerta de danari, habbi ricercato il detto Commissario ad ontar le muraglie della Vedra de' Cittadini, et che per così fare, li habbi poi dato un vasetto di vetro con dentro tal onto.* Rispose, chinando la testa, e abbassando la voce (*flectens caput, et submissa voce*): non so niente.

Forse soltanto allora cominciava a vedere a che strano e orribil fine potesse riuscire quel rigirío di domande. E chi sa in che maniera sarà stata fatta questa da coloro, che, incerti, volere o non volere, della loro scoperta, tanto più dovevano accennar di saperne, e mostrarsi anticipatamente forti contro le negative che prevedevano. I visi e gli atti che facevan loro, non li notavano. Andaron dunque avanti a domandargli direttamente: *se lui Constituto ha ricercato il suddetto Gulielmo Piazza Commissario della Sanità ad ongere le muraglie lì a torno alla Vedra de' Cittadini, et per così fare se gli ha dato un vasetto di vetro con dentro l'onto che doueua adoperare; con promessa di dargli ancora una quantità de danari.*

Esclamò, più che non rispose: *Signor no! maidè*[10] *no! no in eterno! far io queste cose?* Son parole che può dire un colpevole, quanto un innocente; ma non nella stessa maniera.

Gli fu replicato, *che cosa dirà poi quando dal suddetto Gulielmo Piazza Commissario della Sanità, gli sarà questa verità sostenuta in faccia.*

Di nuovo *questa verità*! Non conoscevan la cosa che per la deposizione d'un supposto complice; a questo avevan detto essi medesimi, il giorno medesimo, che, come la raccontava lui, *haueua molto dell'inuerisimile*; lui non ci aveva saputo aggiungere neppure un'ombra di verisimiglianza, se la contradizione non ne dà; e al Mora dicevano francamente: *questa verità!* Era, ripeto, rozzezza de' tempi? era barbarie delle leggi? era ignoranza? era superstizione? O era una di quelle volte che l'iniquità si smentisce da sè?

Il Mora rispose: *quando mi dirà questo in faccia, dirò che è un infame, et che non può dire questo, perchè non ha mai parlato con me di tal cosa, et guardimi Dio!*

Si fa venire il Piazza, e, alla presenza del Mora, gli si domanda, tutto di seguito, se è vero questo e questo e questo; tutto ciò che ha deposto. Risponde: *Signor sì, che è vero.* Il povero Mora grida: *ah Dio misericordia! non si trouarà mai questo.*

Il commissario: *io sono a questi termini, per sostentarui voi.*

Il Mora: *non si trouarà mai; non prouarete mai d'esser stato a casa mia.*

Il commissario: *non fossi mai stato in casa vostra, come vi son stato; che sono a questi termini per voi.*

[p. 816 modifica]

Il Mora: *non si trouarà mai che siate stato a casa mia.*

Dopo di ciò, furon rimandati, ognuno nel suo carcere.

Il capitano di giustizia, nella lettera al governatore, più volte citata, rende conto di quel confronto in questi termini: "Il Piazza animosamente gli ha sostenuto in faccia, esser vero ch'egli riceuè da lui tale unguento, con le circostanze del luogo e del tempo." Lo Spinola dovette credere che il Piazza avesse specificate queste circostanze, contradittoriamente col Mora; e tutto quel sostenere animosamente si riduceva in realtà a un *Signor sì, che è vero.*

La lettera finisce con queste parole: "Si vanno facendo altre diligenze per scoprire altri complici, o mandanti. Fratanto ho voluto che quello che passa fosse inteso da V.E., alla quale humilmente bacio le mani, et auguro prospero fine delle sue imprese." Probabilmente ne furono scritte altre, che sono perdute. In quanto all'imprese, l'augurio andò a vòto. Lo Spinola, non ricevendo rinforzi, e disperando ormai di prender Casale, s'ammalò, anche di passione, verso il principio di settembre, e morì il 28, mancando sull'ultimo all'illustre soprannome di prenditor di città, acquistato nelle Fiandre, e dicendo (in ispagnolo): m'han levato l'onore. Gli avevan fatto peggio, col dargli un posto a cui erano annesse tante obbligazioni, delle quali pare che a lui ne premesse solamente una: e probabilmente non gliel avevan dato che per questa.

Il giorno dopo il confronto, il commissario chiese d'esser sentito; e, introdotto, disse: *il Barbiero ha detto ch'io non sono mai stato a casa sua; perciò V.S. esamini Baldassar Litta, che sta nella casa dell'Antiano, nella Contrada di S. Bernardino, et Stefano Buzzio, che fa il tintore, et sta nel portone per contro S. Agostino, presso S. Ambrogio, li quali sono informati ch'io sono stato nella casa et bottega di detto Barbiero.*

Era venuto a fare una tal dichiarazione, di suo proprio impulso? O era un suggerimento fattogli dare da' giudici? Il primo sarebbe strano, e l'esito lo farà vedere; del secondo c'era un motivo fortissimo. Volevano un pretesto per mettere il Mora alla tortura; e tra le cose che, secondo l'opinione di molti dottori, potevan dare all'accusa del complice quel valore che non aveva da sè, e renderla indizio sufficiente alla tortura del nominato, una era che tra loro ci fosse amicizia. Non però un'amicizia, una conoscenza qualunque; perchè, "a intenderla così," dice il Farinacci, "ogni accusa d'un complice farebbe indizio, essendo troppo facile che il nominante conosca il nominato in qualche maniera; ma bensì un praticarsi stretto e frequente, e tale da render verisimile che tra loro si sia potuto concertare il delitto[11]." Per questo avevan domandato da principio al commissario, *se detto Barbiero è amico di lui Constituto*. Ma il lettore si rammenta della risposta che n'ebbero: *amico sì, buon dì buon anno*. L'intimazione minacciosa fattagli poi, non aveva prodotto niente di più; e quello che avevan cercato come un mezzo, era diventato un ostacolo. È vero che non era, nè poteva diventar mai un mezzo legittimo nè legale, e che l'amicizia più intima e più provata non avrebbe potuto dar valore a un'accusa resa insanabilmente nulla dalla promessa d'impunità. Ma a questa difficoltà, come a tante altre che non risultavano materialmente dal processo, ci passavan sopra: quella, l'avevan messa in evidenza essi medesimi con le loro domande; e bisognava veder di levarla. Nel processo son riferiti discorsi di carcerieri, di birri e di carcerati per altri delitti, messi in compagnia di quegl'infelici, *per cavar loro qualcosa di bocca*. È quindi più che probabile che abbiano, con uno di questi mezzi, fatto dire al commissario, che la sua salvezza poteva dipendere dalle prove che desse della sua amicizia col Mora; e che lo sciagurato, per non dir che non n'aveva, sia ricorso a quel partito, al quale non avrebbe mai pensato da sè. Perchè, quale assegnamento potesse fare sulla testimonianza de' due che aveva citati, si vede dalle loro deposizioni. Baldassare Litta, interrogato *se ha mai visto il Piazza in casa o in bottega del Mora*, risponde: *signor, no*. Stefano Buzzi, interrogato *se sa che tra il detto Piazza et Barbiero vi passi alcuna amicitia*, risponde: *può essere che siano amici, et che si salutassero; ma questo non lo saprei mai dire a V.S.* Interrogato di nuovo *se sa che il detto Piazza sia mai stato in casa o bottega del detto Barbiero*, risponde: *non lo saprei mai dire a V.S.*

Vollero poi sentire un altro testimonio, per verificare una circostanza asserita dal Piazza nella sua deposizione; cioè che un certo Matteo Volpi s'era trovato presente, quando il barbiere gli aveva detto: *ho poi da darvi un non so che*. Questo Volpi, interrogato su di ciò, non solo risponde di non ne saper nulla, ma, *redarguito*, aggiunge risolutamente: *io giurarò che non ho mai visto che si siano parlati insieme*.

Il giorno seguente, 30 di giugno, fu sottomesso il Mora a un nuovo esame; e non s'indovinerebbe mai come lo principiassero.

Che dica per qual causa lui Constituto, nell'altro suo esame, mentre fu confrontato con Gulielmo Piazza Commissario della Sanità, ha negato a pena hauer cognitione di lui, dicendo che mai fu in casa sua, cosa però che in contrario gli fu sostenuta in faccia; et pure, nel primo suo esame mostra d'hauere piena sua cognitione, cosa che ancor depongono altri nel processo formato; il che ancora si conosce per vero dalla prontezza sua in offerirli, et apparecchiarli il vaso di preseruatiuo, deposto nel suo precedente esame.

Risponde: *è ben vero che detto Commissario passa da lì spesso dalla mia bottega; ma non ha prattica di casa mia, nè di me.*

Replicano: *che non solo è contrario al suo primo esame, ma ancora alla depositione d'altri testimonij...*

Qui è superflua qualunque osservazione.

Non osaron però di metterlo alla tortura sulla deposizion del Piazza, ma che fecero? ricorsero all'espediente degl'inverisimili; e, cosa da non credersi, uno fu il negar che faceva d'avere amicizia col Piazza, e che questo praticasse in casa sua; mentre asseriva d'avergli promesso il preservativo! L'altro che non rendesse un conto soddisfacente del perchè aveva fatta in pezzi quella scrittura.

Chè il Mora seguitava a dire d'averlo fatto senza badarci, e non credendo che una tal cosa potesse importare alla giustizia; o che temesse, povero infelice! d'aggravarsi confessando che l'aveva fatto per trafugar la prova d'una contravvenzione, o che infatti non sapesse ben render conto a sè stesso di ciò che aveva fatto in que' primi momenti di confusione e di spavento. Ma sia come si sia, que' pezzi gli avevano: e se credevano che in quella scrittura ci potesse esser qualche indizio del delitto, potevan rimetterla insieme, e leggerla come prima: il Mora stesso gliel aveva suggerito. Anzi, chi mai crederà che non l'avessero già fatto?

Intimaron dunque al Mora, con minaccia della tortura, che dicesse la verità su que' due punti. Rispose: *già ho detto quello che passa intorno alla scrittura; et puole il Commissario dir quello che vole, perchè dice un'infamità, perchè io non gli ho dato niente.*

Credeva (e non doveva crederlo?) che questa fosse in ultimo la verità che volevan da lui; ma no signore; gli dicono *che non se gli ricerca questa particolarità, perchè sopra di essa non s'interroga, nè si vole per adesso altra verità da lui, che di sapere il fine perchè ha scarpato* (stracciato) *la detta scrittura, et perchè ha negato et neghi che il detto Commissario sia stato alla bottega sua, mostrando quasi di non hauer cognitione di lui.*

Non si troverebbe, m'immagino, così facilmente un altro esempio d'un così sfrontatamente bugiardo rispetto alle formalità legali. Essendo troppo manifestamente mancante il diritto d'ordinar la tortura per l'oggetto principale, anzi unico, dell'accusa, volevano far constare ch'era per altro. Ma il mantello dell'iniquità è corto; e non si può tirarlo per ricoprire una parte, senza scoprirne un'altra. Compariva così di più, che non avevano, per venire a quella violenza, altro che due iniquissimi pretesti: uno dichiarato tale in fatto da loro medesimi, col non voler chiarirsi di ciò che contenesse la scrittura; l'altro, dimostrato tale, e peggio, dalle testimonianze con cui avevan tentato di farlo diventare indizio legale.

Ma si vuol di più? Quand'anche i testimoni avessero pienamente confermato il secondo detto del Piazza su quella circostanza particolare e accessoria; quand'anche non ci fosse stata di mezzo l'impunità; la deposizion di costui non poteva più somministrare nessun indizio legale. "Il complice che varia e si contradice nelle sue deposizioni, essendo perciò anche spergiuro, non può fare, contro i nominati, indizio alla tortura.... anzi nemmeno all'inquisizione.... e questa si può dire dottrina comunemente ricevuta dai dottori.[12]"

Il Mora fu messo alla tortura!

L'infelice non aveva la robustezza del suo calunniatore. Per qualche tempo però, il dolore non gli tirò fuori altro che grida compassionevoli, e proteste d'aver detta la verità. *Oh Dio mio! non ho cognitione di colui, nè ho mai hauuto pratica con lui, et per questo non posso dire.... et per questo dice la bugia che sia praticato in casa mia, nè che sia mai stato nella mia bottega. Son morto! misericordia, mio Signore! misericordia! Ho stracciato la scrittura, credendo fosse la ricetta del mio elettuario.... perchè voleuo il guadagno io solamente.*

Questa non è causa sufficiente, gli dissero. Supplicò d'esser lasciato giù, che direbbe la verità! Fu lasciato giù, e disse: *La verità è che il Commissario non ha pratica alcuna meco.* Fu ricominciato e accresciuto il tormento: alle spietate istanze degli esaminatori, l'infelice rispondeva: *V.S. veda quello che vole che dica, lo dirò*: la risposta di Filota a chi lo faceva tormentare, per ordine d'Alessandro il grande, "il quale stava ascoltando pur anch'esso dietro ad un arazzo[13]": *dic quid me velis dicere*[14]; e la risposta di chi sa quant'altri infelici.

Finalmente, potendo più lo spasimo che il ribrezzo di calunniar sè stesso, che il pensiero del supplizio, disse: *ho dato un vasetto pieno di brutto, cioè sterco, acciò imbrattasse le muraglie, al Commissario. V. S. mi lasci giù, che dirò la verità.*

Così eran riusciti a far confermare al Mora le congetture del birro, come al Piazza l'immaginazioni della donnicciola; ma in questo secondo caso con una tortura illegale, come nel primo con un'illegale impunità. L'armi eran prese dall'arsenale della giurisprudenza; ma i colpi eran dati ad arbitrio, e a tradimento.

Vedendo che il dolore produceva l'effetto che avevan tanto sospirato, non esaudiron la supplica dell'infelice, di farlo almeno cessar subito. Gl'intimarono *che cominci a dire*.

Disse: *era sterco humano, smojazzo* (ranno; ed ecco l'effetto di quella visita della caldaia, cominciata con tanto apparato, e troncata con tanta perfidia); *perchè me lo domandò lui, cioè il Commissario, per imbrattare le case, et di quella materia che esce dalla bocca dei morti, che son sui carri.* E nemmen questo era un suo ritrovato. In un esame posteriore, interrogato *doue ha imparato tal sua compositione*, rispose: *diceuano così in barbarìa, che si adoperaua di quella materia che esce dalla bocca de' morti... et io m'ingegnai ad aggiongervi la lisciuia et il sterco.* Avrebbe potuto rispondere: da' miei assassini, ho imparato; da voi altri e dal pubblico.

Ma c'è qui qualche altra cosa di molto strano. Come mai uscì fuori con una confessione che non gli avevan richiesta, che avevano anzi esclusa da quell'esame, dicendogli che *non se gli ricerca questa particolarità, perché sopra di essa non s'interroga?* Poichè il dolore lo strascinava a mentire, par naturale che la bugia dovesse stare almeno ne' limiti delle domande. Poteva dire d'essere amico intrinseco del commissario; poteva inventar qualche motivo colpevole, aggravante, dell'avere stracciata la scrittura; ma perchè andar più in là di quello che lo spingevano? Forse, mentre era sopraffatto dallo spasimo, gli andavan suggerendo altri mezzi per farlo finire? gli facevano altre interrogazioni, che non furono scritte nel processo? Se fosse così, potremmo esserci ingannati noi a dir che avevano ingannato il governatore col lasciargli credere che il Piazza fosse stato interrogato sul delitto. Ma se allora non abbiam messo in campo il sospetto che la bugia fosse nel processo, piuttosto che nella lettera, fu perché i fatti non ce ne davano un motivo bastante. Ora è la difficoltà d'ammettere un fatto stranissimo, che ci sforza quasi a fare una supposizione atroce, in aggiunta di tante atrocità evidenti. Ci troviam, dico, tra il credere che il Mora s'accusasse, senza esserne interrogato, d'un delitto orribile, che non aveva commesso, che doveva procacciargli una morte spaventosa, e il congetturar che coloro, mentre riconoscevan col fatto di non avere un titolo sufficiente di tormentarlo per fargli confessar quel delitto, profittassero della tortura datagli con un altro pretesto, per cavargli di bocca una tal confessione. Veda il lettore quel che gli pare di dovere scegliere.

L'interrogatorio che succedette alla tortura fu, dalla parte de' giudici, com'era stato quello del commissario dopo la promessa d'impunità, un misto o, per dir meglio, un contrasto d'insensatezza e d'astuzia, un moltiplicar domande senza fondamento, e un ometter l'indagini più evidentemente indicate dalla causa, più imperiosamente prescritte dalla giurisprudenza.

Posto il principio che "nessuno commette un delitto senza cagione"; riconosciuto il fatto che "molti deboli d'animo avevan confessato delitti che poi, dopo la condanna, e al momento del supplizio, avevan protestato di non aver commessi, e s'era trovato infatti, quando non era più tempo, che non gli avevan commessi," la giurisprudenza aveva stabilito che "la confessione non avesse valore, se non c'era espressa la cagione del delitto, e se questa cagione non era verisimile e grave, in proporzion del delitto medesimo[15]." Ora, l'infelicissimo Mora, ridotto a improvvisar nuove favole, per confermar quella che doveva condurlo a un atroce supplizio, disse, in quell'interrogatorio, che la bava de' morti di peste l'aveva avuta dal commissario, che questo gli aveva proposto il delitto, e che il motivo del fare e dell'accettare una proposta simile era che, ammalandosi, con quel mezzo, molte persone, avrebbero guadagnato molto tutt'e due: uno, nel suo posto di commissario; l'altro, con lo spaccio del preservativo. Non domanderemo al lettore se, tra l'enormità e i pericoli d'un tal delitto, e l'importanza di tali guadagni (ai quali, del resto, gli aiuti della natura non mancavan di certo), ci fosse proporzione. Ma se credesse che que' giudici, per esser del secento, ce la trovassero, e che una tal cagione paresse loro verisimile, li sentirà essi medesimi dir di no, in un altro esame.

Ma c'era di più: c'era contro la cagione addotta dal Mora una difficoltà più positiva, più materiale, se non più forte. Il lettore può rammentarsi che il commissario, accusando sè stesso, aveva addotta anche lui la cagione da cui era stato mosso al delitto; cioè che il barbiere gli aveva detto: *ungete... et poi venete da me, che hauerete una mano*, o come disse nel costituto seguente, *una buona mano de danari*. Ecco dunque due cagioni d'un solo delitto: due cagioni, non solo diverse, ma opposte e incompatibili. È l'uomo stesso che, secondo una confessione, offre largamente danari per avere un complice; secondo l'altra, acconsente al delitto per la speranza d'un miserabile guadagno. Dimentichiamo quel che s'è visto fin qui: come sian venute fuori quelle due cagioni, con che mezzi si siano avute quelle due confessioni; prendiam le cose al punto dove sono arrivate. Cosa facevano, trovandosi a un tal punto, de' giudici ai quali la passione non avesse pervertita, offuscata, istupidita la coscienza? Si spaventavano d'essere andati (foss'anche senza colpa) tanto avanti; si consolavano di non essere almeno andati fino all'ultimo, all'irreparabile affatto; si fermavano all'inciampo fortunato che gli aveva trattenuti dal precipizio; s'attaccavano a quella difficoltà, volevano scioglier quel nodo; qui adopravan tutta l'arte, tutta l'insistenza, tutti i rigiri dell'interrogazioni; qui ricorrevano ai confronti; non facevano un passo prima d'aver trovato (ed era forse cosa difficile?) qual de' due mentisse, o se forse mentissero tutt'e due. I nostri esaminatori, avuta quella risposta del Mora: *perchè lui hauerebbe guadagnato assai, poichè si sarian ammalate delle persone assai, et io hauerei guadagnato assai con il mio elettuario*, passarono ad altro.

Dopo ciò, basterà, se non è anche troppo, il toccar di fuga, e in parte, il rimanente di quel costituto.

Interrogato, *se vi sono altri complici di questo negotio*, risponde: *vi saranno li suoi compagni del Piazza, i quali non so chi siano*. Gli si protesta *che non è verisimile che non lo sappi*. Al suono di quella parola, terribile foriera della tortura, l'infelice afferma subito, nella forma più positiva: *sono li Foresari et il Baruello*: quelli che gli erano stati nominati e così indicati, nel costituto antecedente.

Dice che il veleno lo teneva nel fornello, cioè dove loro s'erano immaginati che potesse essere; dice come lo componeva, e conclude: *buttavo via il resto nella Vedra*. Non possiam tenerci qui di non trascrivere una postilla del Verri. "E non avrebbe gettato nella Vetra il resto, dopo la prigionia del Piazza!"

Risponde a caso ad altre domande che gli fanno su circostanze di luogo, di tempo e di cose simili, come se si trattasse d'un fatto chiaro e provato in sostanza, e non ci mancassero che delle particolarità; e finalmente, è messo di nuovo alla tortura, affinchè la sua deposizione potesse valer contro i nominati, e segnatamente contro il commissario. Al quale avevan data la tortura per convalidare una deposizione opposta a questa in punti essenziali! Qui non potremmo allegar testi di leggi, nè opinioni di dottori; perchè in verità la giurisprudenza non aveva preveduto un caso simile.

La confessione fatta nella tortura non valeva, se non era ratificata senza tortura, e in un altro luogo, di dove non si potesse vedere l'orribile strumento, e non nello stesso giorno. Eran ritrovati della scienza, per rendere, se fosse stato possibile, spontanea una confessione forzata, e soddisfare insieme al buon senso, il quale diceva troppo chiaro che la parola estorta dal dolore non può meritar fede, e alla legge romana che consacrava la tortura. Anzi la ragione di quelle precauzioni, la ricavavano gl'interpreti dalla legge medesima, cioè da quelle strane parole: "La tortura è cosa fragile e pericolosa e soggetta a ingannare; giacchè molti, per forza d'animo o di corpo, curan così poco i tormenti, che non si può, con un tal mezzo, aver da loro la verità; altri sono così intolleranti del dolore, che dicon qualunque falsità, piuttosto che sopportare i tormenti[16]". Dico: strane parole, in una legge che manteneva la tortura; e per intendere come non ne cavasse altra conseguenza, se non che "ai tormenti non si deve creder sempre," bisogna rammentarsi che quella legge era fatta in origine per gli schiavi, i quali, nell'abiezione e nella perversità del gentilesimo, poterono esser considerati come cose e non persone, e sui quali si credeva quindi lecito qualunque esperimento, a segno che si tormentavano per iscoprire i delitti degli altri. De' nuovi interessi di nuovi legislatori la fecero poi applicare anche alle persone libere; e la forza dell'autorità la fece durar tanti secoli più del gentilesimo: esempio non raro, ma notabile, di quanto una legge, avviata che sia, possa estendersi al di là del suo principio, e sopravvivergli.

Per adempir dunque una tale formalità, chiamarono il Mora a un nuovo esame, il giorno seguente. Ma siccome in tutto dovevan metter qualcosa d'insidioso, d'avvantaggioso, di suggestivo, così, in vece di domandargli se intendeva di ratificar la sua confessione, gli domandarono *se ha cosa alcuna d'aggiongere all'esame et confessione sua, che fece hieri, doppo che fu ommesso di tormentare*. Escludevano il dubbio: la giurisprudenza voleva che la confessione della tortura fosse rimessa in questione; essi la davan per ferma, e chiedevan soltanto che fosse accresciuta.

Ma in quell'ore (direm noi di riposo?) il sentimento dell'innocenza, l'orror del supplizio, il pensiero della moglie, de' figli, avevan forse data al povero Mora la speranza d'esser più forte contro nuovi tormenti; e rispose: *Signor no, che non ho cosa d'aggiongerui, et ho più presto cosa da sminuire*. Dovettero pure domandargli, *che cosa ha da sminuire.* Rispose più apertamente, e come prendendo coraggio: *quell'unguento che ho detto, non ne ho fatto minga* (mica), *et quello che ho detto, l'ho detto per i tormenti.* Gli minacciaron subito la rinnovazion della tortura; e ciò (lasciando da parte tutte l'altre violente irregolarità) senza aver messe in chiaro le contradizioni tra lui e il commissario, cioè senza poter dire essi medesimi se quella nuova tortura gliel'avrebbero data sulla sua confessione, o sulla deposizion dell'altro; se come a complice, o come a reo principale; se per un delitto commesso ad istigazione altrui, o del quale era stato l'istigatore; se per un delitto che lui aveva voluto pagar generosamente, o dal quale aveva sperato un miserabile guadagno.

A quella minaccia, rispose ancora: *replico che quello che dissi hieri non è vero niente, et lo dissi per li tormenti.* Poi riprese: *V.S. mi lasci un puoco dire un'Aue Maria, et poi farò quello che il Signore me inspirarà;* e si mise in ginocchio davanti a un'immagine del Crocifisso, cioè di Quello che doveva un giorno giudicare i suoi giudici.

Alzatosi dopo qualche momento, e stimolato a confermar la sua confessione, disse: *in conscienza mia, non è vero niente.* Condotto subito nella stanza della tortura, e legato, con quella crudele aggiunta del canapo, l'infelicissimo disse: *V.S. non mi stij a dar più tormenti, che la verità che ho deposto, la voglio mantenere.* Slegato e ricondotto nella stanza dell'esame, disse di nuovo: *non è vero niente*. Di nuovo alla tortura, dove di nuovo disse quello che volevano; e avendogli il dolore consumato fino all'ultimo quel poco resto di coraggio, mantenne il suo detto, si dichiarò pronto a ratificar la sua confessione; non voleva nemmeno che gliela leggessero. A questo non acconsentirono: scrupolosi nell'osservare una formalità ormai inconcludente, mentre violavan le prescrizioni più importanti e più positive. Lettogli l'esame, disse: *è la verità tutto.*

Dopo di ciò, perseveranti nel metodo di non proseguir le ricerche, di non affrontar le difficoltà, se non dopo i tormenti (ciò che la legge medesima aveva creduto di dover vietare espressamente, ciò che Diocleziano e Massimiano avevan voluto impedire![17]) pensaron finalmente a domandargli se non aveva avuto altro fine che di guadagnar con la vendita del suo elettuario. Rispose: *che sappia mi, quanto a me, non ho altro fine.*

Che sappia mi! Chi, se non lui, poteva sapere cosa fosse passato nel suo interno? Eppure quelle così strane parole erano adattate alla circostanza: lo sventurato non avrebbe potuto trovarne altre che significassero meglio a che segno aveva, in quel momento, abdicato, per dir così, sè medesimo, e acconsentiva a affermare, a negare, a sapere quello soltanto, e tutto quello che fosse piaciuto a coloro che disponevan della tortura.

Vanno avanti, e gli dicono: *che ha molto dell'inuerisimile che, solamente per hauer occasione il Commissario di lavorare assai, et lui Constituto di vendere il suo elettuario habbino procurato, con l'imbrattamento delle porte, la destruttione et morte della gente; perciò dica a che fine, et per che rispetto si sono mossi loro duoi a così fare, per un interesse così legiero.*

Ora vien fuori quest'inverisimiglianza? Gli avevan dunque minacciata e data a più riprese la tortura per fargli ratificare una confessione inverisimile! L'osservazione era giusta, ma veniva tardi, diremo anche qui; giacchè il rinnovarsi delle circostanze medesime, ci sforza quasi a usar le medesime parole. Come non s'erano accorti che ci fosse inverisimiglianza nella deposizione del Piazza, se non quando ebbero, su quella deposizione, carcerato il Mora; così ora non s'accorgono che ci sia inverisimiglianza nella confession di questo, se non dopo avergli estorta una ratificazione che, in mano loro, diventa un mezzo sufficiente per condannarlo. Vogliam supporre che realmente non se n'accorgessero che in questo momento? Come spiegheremo allora, come qualificheremo il ritener valida una tal confessione, dopo una tale osservazione? Forse il Mora diede una risposta più soddisfacente che non fosse stata quella del Piazza? La risposta del Mora fu questa: *se il Commissario non lo sa lui, io non lo so; et bisogna che lui lo sappia, et da lui V.S. lo saprà, per essere stato lui l'inuentore.* E si vede che questo rovesciarsi l'uno sull'altro la colpa principale, non era tanto per diminuire ognuno la sua, quanto per sottrarsi all'impegno di spiegar cose che non erano spiegabili.

E dopo una risposta simile, gl'intimarono che *per hauer lui Constituto fatto la suddetta compositione et unguento, di concerto del detto Commissario, et a lui doppo dato per ontare le muraglie delle case, nel modo et forma da lui Constituto et dal detto Commissario, deposto, a fine di far morire la gente, sicome il detto Commissario ha confessato d'hauere per tal fine eseguito, esso Constituto si fa reo d'hauer procurato in tal modo la morte della gente, et che per hauer così fatto, sij incorso nelle pene imposte dalle leggi a chi procura et tenta di così fare.*

Ricapitoliamo. I giudici dicono al Mora: come è possibile che vi siate determinati a commettere un tal delitto, per un tal interesse? Il Mora risponde: il commissario lo deve sapere, per sè, e per me: domandatene a lui. Li rimette a un altro, per la spiegazione d'un fatto dell'animo suo, perchè possan chiarirsi come un motivo sia stato sufficiente a produrre in lui una deliberazione. E a qual altro? A uno che non ammetteva un tal motivo, poichè attribuiva il delitto a tutt'altra cagione. E i giudici trovano che la difficoltà è sciolta, che il delitto confessato dal Mora è diventato verisimile; tanto che ne lo costituiscono reo.

Non poteva esser l'ignoranza quella che faceva loro vedere inverisimiglianza in un tal motivo; non era la giurisprudenza quella che li portava a fare un tal conto delle condizioni trovate e imposte dalla giurisprudenza.

---

1. Quæst. XLIII, 192. V. Summarium.
2. Tractat. var., tit. De oppositionibus contra testes; 21.
3. Et si consanguinei erant, pag. 87.
4. Oss. § IV.
5. Dig. Lib. XXII, tit. V, De testibus; I, 21, 2.
6. V. Farinacci, Quæst. XLIII, 134, 135.
7. Op. cit. Quæst. XXI, 13.
8. Op. cit. tit. De indiciis et considerationibus ante torturam; 152.
9. Arrotini di forbici per tagliar l'oro filato. L'esserci una professione a parte per quell'industria secondaria, fa vedere come fiorisse ancora la principale.

10. Antica interiezion milanese, corrispondente al toscano *madiè*, "particella usata dagli antichi, alla provenzale", dice la Crusca. Significava in origine *mio Dio*; ed era una delle tante formole di giuramento, entrate per abuso nel discorso ordinario. Ma in questo caso quel Nome non sarebbe stato nominato in vano.
11. Quæst. XLIII, 172-174.
12. Farinacci, Quaest. XLIII; 185, 186.
13. Plutarco, Vita d'Alessandro; traduzione del Pompei.
14. Q. Curtii, VI, 11.
15. Farinacci, Quaest. L. 31; LXXXI; 40; LII, 150, 152.
16. Res est (quaestio) fragilis et periculosa, et quae veritatem fallat. Nam plerique, patientia sive duritia tormentorum, ita tormenta contemnunt, ut exprimi eis veritas nullo modo possit, alii tanta sunt impatientia, ut quovis mentiri quam pati tormenta velint. Dig., Lib. XLVIII, tit. XVIII, 1, I, 23.
17. Nel rescritto citato sopra, alla pagina 766.

CAPITOLO CINQUE

L'impunità e la tortura avevan prodotto due storie; e benchè questo bastasse a tali giudici per proferir due condanne, vedremo ora come lavorassero e riuscissero, per quanto era possibile, a rifonder le due storie in una sola. Vedremo poi, in ultimo, come mostrassero, col fatto, d'esser persuasi essi medesimi, anche di questa.

Il senato confermò e estese la decisione de' suoi delegati. "Sentito ciò che risultava dalla confessione di Giangiacomo Mora, riscontrate le cose antecedenti, considerato ogni cosa," meno l'esserci, per un solo delitto, due autori principali diversi, due diverse cagioni, due diversi ordini di fatti, "ordinò che il Mora suddetto... fosse di nuovo interrogato diligentissimamente, però senza tortura, per fargli spiegar meglio le cose confessate, e ricavar da lui gli altri autori, mandanti, complici del delitto; e che dopo l'esame fosse costituito reo, con la narrativa del fatto, d'aver composto l'unguento mortifero, e datolo a Guglielmo Piazza; e gli fosse assegnato il termine di tre giorni per far le sue difese. E in quanto al Piazza, fosse interrogato se aveva altro da aggiungere alla sua confessione, la quale si trovava mancante; e, non n'avendo, fosse costituito reo d'avere sparso l'unguento suddetto, e assegnatogli il medesimo termine per le difese." Cioè: vedete di cavar dall'uno e dall'altro quello che si potrà: a ogni modo, sian costituiti rei, ognuno sulla sua confessione, benchè siano due confessioni contrarie.

Cominciaron dal Piazza, e in quel giorno medesimo. Da aggiungere, lui non aveva nulla, e non sapeva che n'avevan loro; e forse, accusando un innocente, non aveva preveduto che si creava un accusatore. Gli domandano perchè non ha deposto d'aver dato al barbiere della bava d'appestati, per comporre l'unguento. *Non gli ho dato niente*, risponde; come se quelli che gli avevan creduta la bugia, dovessero credergli anche la verità. Dopo un andirivieni d'altre interrogazioni, gli protestano *che, per non hauer detta la verità intera, come hauea promesso, non può nè deue godere della impunità che se gli era promessa.* Allora dice subito: *Signore, è vero che il suddetto Barbiero mi ricercò a portargli quella materia, et io glie la portai, per fare il detto onto.* Sperava, con l'ammetter tutto, di ripescar la sua impunità. Poi, o per farsi sempre più merito, o per guadagnar tempo, soggiunse che i danari promessigli dal barbiere dovevan venire da una *persona grande*, e che l'aveva saputo dal barbiere medesimo, ma senza potergli mai cavar di bocca chi fosse. Non aveva avuto tempo d'inventarla.

Ne domandarono al Mora, il giorno dopo; e probabilmente il poverino l'avrebbe inventata lui, come avrebbe potuto, se fosse stato messo alla tortura. Ma, come abbiam visto, il senato l'aveva esclusa per quella volta, affine, si vede, di render meno sfrontatamente estorta la nuova ratificazione che volevano della sua confessione antecedente. Perciò, interrogato *se lui Constituto fu il primo a ricercare il detto Commissario... et gli promise quantità de danari;* rispose: *Signor no; e doue vole V.S. che pigli mi* (io) *questa quantità de danari?* Potevano infatti rammentarsi che, nella minutissima visita fattagli in casa quando l'arrestarono, il tesoro che gli avevan trovato, era *un baslotto* (una ciotola), *con dentro cinque parpagliole* (dodici soldi e mezzo). Domandato della *persona grande*, rispose: *V.S. non vole già se non la verità, e la verità io l'ho detta quando sono stato tormentato, et ho detto anche d'auantaggio.*

Ne' due estratti non è fatto menzione che abbia ratificata la confessione antecedente; se, come è da credere, glielo fecero fare, quelle parole erano una protesta, della quale lui forse non conosceva la forza; ma essi la dovevan conoscere. E del rimanente, da Bartolo, anzi dalla Glossa, fino al Farinacci, era stata, ed era sempre dottrina comune, e come assioma della giurisprudenza, che "la confessione fatta ne' tormenti che fossero dati senza indizi legittimi, rimaneva nulla e invalida, quand'anche fosse poi ratificata mille volte senza tormenti: *etiam quod millies sponte sit ratificata*[1]."

Dopo di ciò, fu a lui e al Piazza pubblicato, come allora si diceva, il processo (cioè comunicati gli atti), e dato il termine di due giorni a far le loro difese: e non si vede perchè uno di meno di quello che aveva decretato il senato. Fu all'uno e all'altro assegnato un difensore d'ufizio: quello assegnato al Mora se ne scusò. Il Verri attribuisce, per congettura, quel rifiuto a una cagione che pur troppo non è strana in quel complesso di cose. "Il furore," dice, "era giunto al segno, che si credeva un'azione cattiva e disonorante il difender questa disgraziata vittima[2]." Ma nell'estratto stampato, che il Verri non doveva aver visto, è registrata la cagion vera, forse non meno strana, e, da una parte, anche più trista. Lo stesso giorno, due di luglio, il notaio Mauri, chiamato a difendere il detto Mora, disse: *io non posso accettare questo carico, perchè, prima sono Notaro criminale, a chi non conuiene accettar patrocinij, et poi anche perchè non sono nè Procuratore, nè Auocato; anderò bene a parlarli, per darli gusto* (per fargli piacere), *ma non accettarò il patrocinio*. A un uomo condotto ormai appiè del supplizio (e di qual supplizio! e in qual maniera!), a un uomo privo d'aderenze, come di lumi, e che non poteva aver soccorso se non da loro, o per mezzo loro, davano per difensore uno che mancava delle qualità necessarie a un tal incarico, e n'aveva delle incompatibili! Con tanta leggerezza procedevano! mettiam pure che non c'entrasse malizia. E toccava a un subalterno a richiamarli all'osservanza delle regole più note, e più sacrosante!

Tornato, disse: *sono stato dal Mora, il quale mi ha detto liberamente che non ha fallato, et che quello che ha detto, l'ha detto per i tormenti; et perchè gli ho detto liberamente che non voleuo nè poteuo sostener questo carico di diffenderlo, mi ha detto che almeno il Sig. Presidente sij servito* (si degni) *di prouederli d'un diffensore, et che non voglia permettere che habbi da morire indiffeso.* Di tali favori, e con tali parole, l'innocenza supplicava l'ingiustizia! Gliene nominarono infatti un altro.

Quello assegnato al Piazza, "comparve e chiese a voce che gli fosse fatto vedere il processo del suo cliente; e avutolo, lo lesse". Era questo il comodo che davano alle difese? Non sempre, poichè l'avvocato del Padilla, che divenne, come or ora vedremo, il concreto della *persona grande* buttata là in astratto e in aria, ebbe a sua disposizione il processo medesimo, tanto da farne copiar quella buona parte che è venuta per quel mezzo a nostra notizia.

Sullo spirar del termine, i due sventurati chiesero una proroga: "il senato concesse loro tutto il giorno seguente, e non più: *et non ultra*". Le difese del Padilla furon presentate in tre volte: una parte il 24 di luglio 1631; la quale "fu ammessa senza pregiudizio della facoltà di presentar più tardi il rimanente"; l'altra il 13 d'aprile 1632; e l'ultima il 10 di maggio dell'anno medesimo: era allora arrestato da circa due anni. Lentezza dolorosa davvero, per un innocente; ma, paragonata alla precipitazione usata col Piazza e col Mora, per i quali non fu lungo che il supplizio, una tal lentezza è una parzialità mostruosa.

Quella nuova invenzione del Piazza sospese però il supplizio per alcuni giorni, pieni di bugiarde speranze, ma insieme di nuove crudeli torture, e di nuove funeste calunnie. L'auditore della Sanità fu incaricato di ricevere, in gran segreto, e senza presenza di notaio, una nuova deposizione di costui; e questa volta fu lui che promosse l'abboccamento, per mezzo del suo difensore, facendo intendere che aveva qualcosa di più da rivelare intorno alla *persona grande*. Pensò probabilmente che, se gli riusciva di tirare in quella rete, così chiusa alla fuga, così larga all'entrata, un pesce grosso; questo per uscirne, ci farebbe un tal rotto, che ne potrebbero scappar fuori anche i piccoli. E siccome, tra le molte e varie congetture ch'eran girate per le bocche della gente, intorno agli autori di quel funesto imbrattamento del 18 di maggio (chè la violenza del giudizio fu dovuta in gran parte all'irritazione, allo spavento, alla persuasione prodotta da quello: e quanto i veri autori di esso furon più colpevoli di quello che conoscessero loro medesimi!), s'era anche detto che fossero ufiziali spagnoli, così lo sciagurato inventore trovò anche qui qualcosa da attaccarsi. L'esser poi il Padilla figliuolo del comandante del castello, e l'aver quindi un protettor naturale, che, per aiutarlo, avrebbe potuto disturbare il processo, fu probabilmente ciò che mosse il Piazza a nominar lui piuttosto che un altro: se pure non era il solo ufiziale spagnolo che conoscesse, anche di nome. Dopo l'abboccamento, fu chiamato a confermar giudizialmente la sua nuova deposizione. Nell'altra aveva detto che il barbiere non gli aveva voluto nominar la *persona grande*. Ora veniva a sostenere il contrario; e per diminuire, in qualche maniera, la contradizione, disse che non gliel'aveva nominata subito. *Finalmente mi disse doppò il spatio di quattro o cinque giorni, che questo capo grosso era un tale di Padiglia, il cui nome non mi raccordo, benchè me lo disse; so bene, et mi raccordo precisamente che disse esser figliolo del Sig. Castellano nel Castello di Milano.* Danari, però, non solo non disse d'averne ricevuti dal barbiere, ma protestò di non saper nemmeno se questo n'avesse avuti dal Padilla.

Fu fatta sottoscrivere al Piazza questa deposizione, e spedito subito l'auditore della Sanità a comunicarla al governatore, come riferisce il processo; e sicuramente a domandargli se consentirebbe, occorrendo, a consegnare all'autorità civile il Padilla, ch'era capitano di cavalleria, e si trovava allora all'esercito, nel Monferrato. Tornato l'auditore, e fatta subito confermar di nuovo la deposizione al Piazza, s'andò di nuovo addosso all'infelice Mora. Il quale, all'istanze per fargli dire che lui aveva promesso danari al commissario, e confidatogli che aveva una *persona grande*, e dettogli finalmente chi fosse, rispose: *non si trouarà mai in eterno: se io lo sapessi, lo direi, in conscienza mia.* Si viene a un nuovo confronto, e si domanda al Piazza, se è vero che il Mora gli ha promesso danari, *dichiarando che tutto ciò faceua d'ordine et commissione del Padiglia, figliolo del signor Castellano di Milano.* Il difensor del Padilla osserva, con gran ragione, che, "sotto pretesto di confronto," fecero così conoscere al Mora "quello che si desideraua dicesse." Infatti, senza questo, o altro simil mezzo, non sarebbero certamente riusciti a fargli buttar fuori quel personaggio. La tortura poteva bensì renderlo bugiardo, ma non indovino.

Il Piazza sostenne quel che aveva deposto. *E voi volete dir questo?* esclamò il Mora. *Sì che lo voglio dire, che è la verità*, replicò lo sventurato impudente: *et sono a questo mal termine per voi, et sapete bene che mi diceste questo sopra l'uschio della vostra bottega.* Il Mora, che aveva forse sperato di poter, con l'aiuto del difensore, mettere in chiaro la sua innocenza, e ora prevedeva che nuove torture gli avrebbero estorta una nuova confessione, non ebbe nemmeno la forza d'opporre un'altra volta la verità alla bugia. Disse soltanto: *patientia! per amor di voi, morirò.*

Infatti, rimandato subito il Piazza, intimano a lui, *che dica hormai la verità;* e appena ha risposto: *Signore, la verità l'ho detta;* gli minacciano la tortura: *il che si farà sempre senza pregiuditio di quello che è conuitto, et confesso, et non altrimenti.* Era una formola solita; ma l'averla adoprata in questo caso fa vedere fino a che segno la smania di condannare gli avesse privati della facoltà di riflettere. Come mai la confessione d'avere indotto il Piazza al delitto con la promessa de' danari che si avrebbero dal Padilla, poteva non far pregiudizio alla confessione d'essersi lasciato indurre al delitto dal Piazza, per la speranza di guadagnar col preservativo?

Messo alla tortura, confermò subito tutto quello che aveva detto il commissario; ma non bastando questo ai giudici, disse che infatti il Padilla gli aveva proposto di fare *un ontione da ongere le Porte et Cadenazzi,* promessigli danari quanti ne volesse, datigliene quanti n'aveva voluti.

Noi altri, che non abbiamo, nè timor d'unzioni, nè furore contro untori, nè altri furiosi da soddisfare, vediamo chiaramente, e senza fatica, come sia venuta, e da che sia stata mossa una tal confessione. Ma, se ce ne fosse bisogno, n'abbiamo anche la dichiarazione di chi l'aveva fatta. Tra le molte testimonianze che il difensor del Padilla potè raccogliere, c'è quella d'un capitano Sebastiano Gorini, che si trovava, in quel tempo (non si sa per qual cagione) nelle stesse carceri, e che parlava spesso con un servitore dell'auditor della Sanità, stato messo per guardia a quell'infelice. Depone così: "mi disse detto seruitore, sendo se non (*appena*) all'hora stato detto Barbiere rimenato dall'esame: V. S. non sa che il Barbiere m'ha detto adesso adesso, che nell'esame che ha fatto, ha dato fuori (*buttato fuori*) il Sig. Don Gioanni figliolo del Sig. Castellano? Et io, ciò sentendo, restai stupito, et li dissi: è vero questo? Et esso seruitore mi replicò che era vero; ma che era anche vero che lui protestava di non raccordarsi di non hauer forsi mai parlato con alcuno spagnuolo, et che se li hauessero mostrato detto Sig. Don Gioanni, non l'haurebbe nè anche conosciuto. Et soggiongendo, esso seruitore, disse: io li dissi perchè dunque lo haueua dato fuori? et lui disse che l'haueua dato fuori per hauerlo sentito nominare là, et che perciò rispondeua a tutto quello che sentiva, o che li veniua così in bocca." Questo valse (e ne sia ringraziato il cielo) a favor del Padilla; ma vogliam noi credere che i giudici, i quali avevan messo, o lasciato mettere per guardia al Mora un servitore di quell'auditor così attivo, così investigatore, non risapessero, se non tanto tempo dopo, e accidentalmente da un testimonio, quelle parole così verisimili, dette senza speranza, un momento dopo quelle così strane che gli aveva estorte il dolore?

E perchè, tra tante cose dell'altro mondo, parve strana anche ai giudici quella relazione tra il barbier milanese e il cavaliere spagnolo; e domandarono chi c'era stato di mezzo, alla prima disse ch'era stato *uno de' suoi*, fatto e vestito così e così. Ma incalzato a nominarlo, disse: *Don Pietro di Saragoza*. Questo almeno era un personaggio immaginario.

Ne furon poi fatte (dopo il supplizio del Mora, s'intende) le più minute e ostinate ricerche. S'interrogarono soldati e ufiziali, compreso il comandante stesso del castello, don Francesco de Vargas, succeduto allora al padre del Padilla: nessuno l'aveva mai sentito nominare. Se non che si trovò finalmente, nelle carceri del podestà, un Pietro Verdeno, nativo di Saragozza, accusato di furto. Costui, esaminato, disse che in quel tempo era a Napoli; messo alla tortura, sostenne il suo detto; e non si parlò più di Don Pietro di Saragozza.

Sempre incalzato da nuove domande, il Mora aggiunse che lui aveva poi fatto la proposta al commissario, il quale aveva anche lui avuto danari per questo, *da non so chi*. E certo non lo sapeva; ma vollero saperlo i giudici. Lo sventurato, rimesso alla tortura, nominò pur troppo una persona reale, un Giulio Sanguinetti, banchiere: "il primo venuto in mente all'uomo che inventava per lo spasimo[3]."

Il Piazza, che aveva sempre detto di non aver ricevuto danari, interrogato di nuovo, disse subito di sì. (Il lettore si rammenterà, forse meglio de' giudici, che, quando visitaron la casa di costui, danari gliene trovaron meno che al Mora, cioè punto.) Disse dunque d'averne avuti da un banchiere; e non avendogli i giudici nominato il Sanguinetti, ne nominò lui un altro: Girolamo Turcone. E questo e quello e vari loro agenti furono arrestati, esaminati, messi alla tortura; ma, stando fermi a negare, furon finalmente rilasciati.

Il 21 di luglio, furono al Piazza e al Mora comunicati gli atti posteriori alla ripresa del processo, e dato un nuovo termine di due giorni a far le loro difese. L'uno e l'altro scelsero questa volta un difensore, col consiglio probabilmente di quelli ch'erano stati loro assegnati d'ufizio. Il 23 dello stesso mese, fu arrestato il Padilla; cioè, come è attestato nelle sue difese, gli fu detto dal commissario generale della cavalleria, che, per ordine dello Spinola, dovesse andare a costituirsi prigioniero nel castello di Pomate; come fece. Il padre, e si rileva dalle difese medesime, fece istanza, per mezzo del suo luogotenente, e del suo segretario, perchè si sospendesse l'esecuzione della sentenza contro il Piazza e il Mora, fin che fossero stati confrontati con don Giovanni. Gli fu fatto rispondere "che non si poteua sospendere, perchè il popolo esclamaua..." (eccolo nominato una volta quel *civium ardor prava jubentium*; la sola volta che si poteva senza confessare una vergognosa e atroce deferenza, giacchè si trattava dell'esecuzion d'un giudizio, non del giudizio medesimo. Ma cominciava allora soltanto a esclamare il popolo? o allora soltanto cominciavano i giudici a far conto delle sue grida?... "ma che in ogni caso il signor Don Francesco non si pigliasse fastidio, perchè gente infame, com'erano questi duoi, non poteuano col suo detto pregiudicare alla reputatione del signor Don Giovanni." E il detto d'ognuno di que' due *infami* valse contro l'altro! E i giudici l'avevan tante volte chiamato *verità*! E nella sentenza medesima decretarono che, dopo l'intimazion di essa, fossero l'uno e l'altro tormentati di nuovo su ciò che riguardava i complici! E le loro deposizioni promossero torture, e quindi confessioni, e quindi supplizi; e se non basta, anche supplizi senza confessioni!

"Et così," conclude la deposizione del segretario suddetto, "tornassimo dal signor Castellano, et li facessimo la relatione di quant'era passato; et lui non disse altro, ma restò mortificato; la qual mortificatione fu tale, che fra pochi giorni se ne morse."

Quell'infernale sentenza portava che, messi sur un carro, fossero condotti al luogo del supplizio; tanagliati con ferro rovente, per la strada; tagliata loro la mano destra, davanti alla bottega del Mora; spezzate l'ossa con la rota, e in quella intrecciati vivi, e alzati da terra; dopo sei ore, scannati; bruciati i cadaveri, e le ceneri buttate nel fiume; demolita la casa del Mora; sullo spazio di quella, eretta una colonna che si chiamasse infame; proibito in perpetuo di rifabbricare in quel luogo. E se qualcosa potesse accrescer l'orrore, lo sdegno, la compassione, sarebbe il veder que' disgraziati, dopo l'intimazione d'una tal sentenza, confermare, anzi allargare le loro confessioni, e per la forza delle cagioni medesime che gliele avevano estorte. La speranza non ancora estinta di sfuggir la morte, e una tal morte, la violenza di tormenti, che quella mostruosa sentenza farebbe quasi chiamar leggieri, ma presenti e evitabili, li fecero, e ripeter le menzogne di prima, e nominar nuove persone. Così, con la loro impunità, e con la loro tortura, riuscivan que' giudici, non solo a fare atrocemente morir degl'innocenti, ma, per quanto dipendeva da loro, a farli morir colpevoli.

Nelle difese del Padilla, si trovano, ed è un sollievo, le proteste che fecero della loro e dell'altrui innocenza, appena furono affatto certi di dover morire, e di non dover più rispondere. Quel capitano citato poco fa, depose che, trovandosi vicino alla cappella dov'era stato messo il Piazza, lo sentì che "strepitaua, et diceua che moriva al torto, et che era stato assassinato sotto promessa," e rifiutava il ministero di due cappuccini venuti per disporlo a morir cristianamente. "Et in quanto a me," soggiunge, "m'accorgei che lui haueua speranza che si douesse retrattare la sua causa.... et andai dal detto Commissario, pensando di far atto di carità col persuaderlo a disporsi a ben morire in gratia di Dio; come in effetto posso dire che mi riuscì; poichè li Padri non toccorono il punto che toccai io, qual fu che l'accertai di non hauer mai visto, nè sentito dire che il Senato retrattasse cause simili, dopo seguita la condanna... Finalmente tanto dissi, che s'acquietò... et doppo che fu acquietato, diede alcuni sospiri, et poi disse come haueua dato fuori indebitamente molti innocenti." Tanto lui, quanto il Mora, fecero poi stendere dai religiosi che gli assistevano una ritrattazion formale di tutte l'accuse che la speranza o il dolore gli avevano estorte. L'uno e l'altro sopportarono quel lungo supplizio, quella serie e varietà di supplizi, con una forza che, in uomini vinti tante volte dal timor della morte e dal dolore; in uomini i quali morivan vittime, non di qualche gran causa, ma d'un miserabile accidente, d'un errore sciocco, di facili e basse frodi; in uomini che, diventando infami, rimanevano oscuri, e all'esecrazion pubblica non avevan da opporre altro che il sentimento d'un'innocenza volgare, non creduta, rinnegata tante volte da loro medesimi; in uomini (fa male il pensarci, ma si può egli non pensarci?) che avevano una famiglia, moglie, figliuoli, non si saprebbe intendere, se non si sapesse che fu rassegnazione: quel dono che, nell'ingiustizia degli uomini, fa veder la giustizia di Dio, e nelle pene, qualunque siano, la caparra, non solo del perdono, ma del premio. L'uno e l'altro non cessaron di dire, fino all'ultimo, fin sulla rota, che accettavan la morte in pena de' peccati che avevan commessi davvero. Accettar quello che non si potrebbe rifiutare! parole che possono parer prive di senso a chi nelle cose guardi soltanto l'effetto materiale; ma parole d'un senso chiaro e profondo per chi considera, o senza considerare intende, che ciò che in una deliberazione può esser più difficile, ed è più importante, la persuasion della mente, e il piegarsi della volontà, è ugualmente difficile, ugualmente importante, sia che l'effetto dipenda da esso, o no; nel consenso, come nella scelta.

Quelle proteste potevano atterrire la coscienza de' giudici; potevano irritarla. Essi riusciron pur troppo a farle smentire in parte, nel modo che sarebbe stato il più decisivo, se non fosse stato il più illusorio; cioè col far che accusassero sè medesimi, molti che da quelle proteste erano stati così autorevolmente scolpati. Di quest'altri processi toccheremo soltanto, come abbiam detto, qualcosa, e soltanto d'alcuni, per venire a quello del Padilla; cioè a quello che, come per l'importanza del reato è il principale, così, per la forma e per l'esito, è la pietra del paragone per tutti gli altri.

---

1. Farinacci, Quæst. XXXVII, 110.
2. Oss. § IV.
3. quorum capita.... fingenti inter dolores gemitusque occurrere. Liv. XXIV, 5.

CAPITOLO SEI

I due arrotini, sciaguratamente nominati dal Piazza, e poi dal Mora, erano stati imprigionati fino dal 27 di giugno; ma non furon mai confrontati, nè con l'uno nè con l'altro, e neppure esaminati, prima dell'esecuzione della sentenza, che fu il primo d'agosto. L'undici fu esaminato il padre; il giorno dopo, messo alla tortura, col solito pretesto di contradizioni e d'inverisimiglianze, confessò, cioè inventò una storia, alterando, come il Piazza, un fatto vero. Fecero l'uno e l'altro come que' ragni, che attaccano i capi del loro filo a qualcosa di solido, e poi lavoran per aria. Gli avevan trovata un'ampolla d'un sonnifero datogli, anzi composto in casa sua, dal Baruello suo amico; disse ch'era un *onto per fare che moressero la gente*; un estratto di rospi e di serpi, *con certe poluere che io non so che poluere siano*. Oltre il Baruello, nominò come complice qualche altra persona di comune conoscenza, e per capo il Padilla. Avrebbero i giudici voluto attaccar questa storia a quella de' due che avevano assassinati, e far per ciò dire a costui, che aveva ricevuto da loro *onto et danari*. Se avesse negato semplicemente, avevan la tortura; ma la prevenne con questa singolare risposta: *Signor no, che non è vero; ma se mi date li tormenti perchè io neghi questa particolarità, sarò forzato a dire che è vero, benchè non sij*. Non potevan più, senza farsi troppo apertamente beffe della giustizia e dell'umanità, adoprar come esperimento un mezzo del quale eran così solennemente avvertiti che l'effetto sarebbe certo.

Fu condannato a quel medesimo supplizio; dopo l'intimazion della sentenza, torturato, accusò un nuovo banchiere, e altri; in cappella, e sul patibolo, ritrattò ogni cosa.

Se di questo disgraziato, il Piazza e il Mora avessero detto solamente ch'era un poco di buono, si vede da vari fatti che saltan fuori nel processo, che non l'avrebbero calunniato. Calunniaron però anche in questo, il suo figliuolo Gaspare; del quale è bensì riferito un fallo, ma è riferito da lui, e in tali momenti, e con tal sentimento, che ne risulta come una prova dell'innocenza e della rettitudine di tutta la sua vita. Ne' tormenti, in faccia alla morte, le sue parole furon tutte meglio che da uom forte; furon da martire. Non avendo potuto renderlo calunniator di sè stesso, nè d'altri, lo condannarono (non si vede con quali pretesti) come convinto; e dopo l'intimazion della sentenza, l'interrogarono, come al solito, se aveva altri delitti, e chi erano i suoi compagni in quello per cui era stato condannato. Alla prima domanda rispose: *io non ho fatto nè questo, nè altri delitti; et moro perchè una volta diedi d'un pugno sopra d'un occhio ad uno, mosso dalla collera.* Alla seconda: *io non ho alcuni compagni, perchè attendeuo a far li fatti miei; et se non l'ho fatto, non ho nè anche hauuto compagni.* Minacciatagli la tortura, disse: *V. S. facci quello che vole, che non dirò mai quello che non ho fatto, nè mai condannarò l'anima mia; et è molto meglio che patisca tre o quattro hore de tormenti, che andar nell'inferno a patire eternamente.* Messo alla tortura, esclamò nel primo momento: *ah, Signore! non ho fatto niente: sono assassinato.* Poi soggiunse: *questi tormenti forniranno presto; et al mondo di là bisogna starui sempre.* Furono accresciute le torture, di grado in grado, fino all'ultimo, e con le torture, l'istanze di dir la verità. Sempre rispose: *l'ho già detta; voglio saluar l'anima. Dico che non voglio grauar la conscienza mia: non ho fatto niente.*

Non si può qui far a meno di non pensare che se gli stessi sentimenti avessero data al Piazza la stessa costanza, il povero Mora sarebbe rimasto tranquillo nella sua bottega, tra la sua famiglia; e, al pari di lui, questo giovine ancor più degno d'ammirazione, che di compassione, e tant'altri innocenti non avrebbero nemmen potuto immaginarsi che spaventosa sorte sfuggivano. Lui medesimo, chi sa?

Certo per condannarlo, non confesso, e su que' soli indizi, e quando, non essendoci altre confessioni, il delitto stesso non era che una congettura, bisognava violare più svelatamente, più arditamente, ogni principio di giustizia, ogni prescrizion di legge. A ogni modo, non potevano condannarlo a un più mostruoso supplizio; non potevano almeno farglielo soffrire in compagnia d'uno, guardando il quale dovesse dire ogni momento a sè stesso: l'ho condotto qui io. Di tanti orrori fu cagione la debolezza... che dico? l'accanimento, la perfidia di coloro che, riguardando come una calamità, come una sconfitta, il non trovar colpevoli, tentarono quella debolezza con una promessa illegale e frodolenta.

Abbiamo citato sopra l'atto solenne con cui una promessa simile fu fatta al Baruello, e abbiamo anche accennato di voler far vedere il conto diverso che i giudici ne facevano. Per ciò principalmente racconterem qui in succinto la storia anche di questo meschino. Accusato in aria, come s'è visto, prima dal Piazza d'essere un compagno del Mora, poi dal Mora d'essere un compagno del Piazza; poi dall'uno e dall'altro d'aver ricevuto danari per isparger l'unguento composto dal Mora con certe porcherie e peggio (e prima avevan protestato di non saper questo); poi dal Migliavacca, d'averne composto uno lui, con altre peggio che porcherie; costituito reo di tutte queste cose, come se ne facessero una, negò e sostenne bravamente i tormenti. Mentre pendeva la sua causa, un prete (che fu un altro de' testimoni fatti citar dal Padilla), pregato da un parente di questo Baruello, lo raccomandò a un fiscale del senato; il quale venne poi a dirgli che il suo raccomandato era sentenziato a morte, con tutta quell'aggiunta di carnificine; ma insieme, che "il senato s'accontentava di proccurarli da S.E. l'impunità". E incaricò il prete che andasse a trovarlo, e vedesse di persuaderlo a dir la verità: "poichè il Senato vol sapere il fondamento di questo negocio, e pensa di saperlo da lui". Dopo averlo condannato! e dopo quelle esecuzioni!

Il Baruello, sentita la crudele notizia, e la proposizione, disse: "faranno poi di me come hanno fatto del Commissario?" Avendogli il prete detto che la promessa gli pareva sincera, cominciò una storia: che un tale (il quale era morto) l'aveva condotto dal barbiere; e questo, alzato un telo del parato della stanza, che nascondeva un uscio, l'aveva introdotto in una gran sala, dov'eran molte persone a sedere, tra le quali il Padilla. Al prete, che non aveva l'impegno di trovar de' rei, parvero cose strane; sicchè l'interruppe, avvertendolo che badasse di non perdere il corpo e l'anima insieme; e se n'andò. Il Baruello accettò l'impunità, corresse la storia; e comparso l'undici di settembre davanti ai giudici, raccontò loro che un maestro di scherma (vivo pur troppo) gli aveva detto esserci una buona occasione di diventar ricchi, facendo un servizio al Padilla; e l'aveva poi condotto sulla piazza del castello, dov'era arrivato il Padilla medesimo con altri, e l'aveva subito invitato ad essere uno di quelli che ungevano sotto i suoi ordini, per vendicar gl'insulti fatti a don Gonzalo de Cordova, nella sua partenza da Milano; e gli aveva dato danari, e un vasetto di quell'unto micidiale. Dire che in questa storia, della quale qui accenniam soltanto il principio, ci fossero delle cose inverisimili, non sarebbe parlar propriamente; era tutto un monte di stravaganze, come il lettore ha potuto vedere da questo solo saggio. Dell'inverisimiglianze però ce ne trovarono anche i giudici e, per di più, delle contradizioni: per ciò, dopo varie interrogazioni, seguite da risposte che imbrogliavan la cosa sempre più, gli dissero, *che si esplichi meglio, perchè si possa cauar cosa accertata da quello che dice.* Allora, o fosse un suo ritrovato per uscir d'impiccio in qualunque maniera, o fosse un vero accesso di frenesia, che ce n'era abbastanza cagioni, si mise a tremare, a storcersi, a gridare: aiuto! a voltolarsi per terra, a volersi nascondere sotto una tavola. Fu esorcizzato, acquietato, stimolato a dire; e cominciò un'altra storia, nella quale fece entrare incantatori e circoli e parole magiche e il diavolo, ch'egli aveva riconosciuto per padrone. Per noi basta l'osservare ch'eran cose nuove; e che, tra l'altre, ritrattò quello che aveva detto del vendicar l'ingiuria fatta a don Gonzalo, e asserì in vece che il fine del Padilla era di farsi padrone di Milano; e a lui prometteva di farlo uno de' primi. Dopo varie interrogazioni, fu chiuso l'esame, se pure merita un tal nome; e dopo quello, n'ebbe tre altri; ne' quali, essendogli detto che il tal suo asserto non era verisimile, che il tal altro non era credibile, o rispose che infatti, la prima volta, non aveva detta la verità, o diede una spiegazione qualunque; e venendogli almen cinque volte buttata in faccia la deposizione del Migliavacca, in cui era accusato d'aver dato unguento da spargere ad altrettante persone delle quali, nella sua, non aveva parlato, rispose sempre che non era vero; e sempre i giudici passarono ad altro. Il lettore che si rammenta come, alla prima inverisimiglianza che credettero bene di trovar nella deposizione del Piazza, lo minacciarono di levargli l'impunità; come alla prima aggiunta che fece a quella deposizione, al primo fatto allegato dal Mora contro di lui, e da lui negato, gliela levarono in effetto, *per non hauer detta la verità intera, come haueua promesso;* vedrà ancor più, se ce n'è bisogno, quanto servisse a coloro l'aver voluto piuttosto fare una giunteria al governatore, che chiedergli una facoltà, l'aver fatta una promessa in parole e di parole a quel Piazza, che doveva esser le primizie del sacrifizio offerto al furor popolare, e al loro.

Vogliam dir forse che sarebbe stata cosa giusta il mantener quell'impunità? Dio liberi! sarebbe come dire che colui aveva deposto un fatto vero. Vogliam dir soltanto che fu violentemente ritirata, com'era stata illegalmente promessa; e che questo fu il mezzo di quello. Del resto, non possiamo se non ripetere che non potevan far nulla di giusto nella strada che avevan presa, fuorchè tornare indietro, fin ch'erano a tempo. Quell'impunità (lasciando da parte la mancanza de' poteri) non avevano avuto il diritto di venderla al Piazza, come il ladro non ha il diritto di dar la vita al viandante: ha il dovere di lasciargliela. Era un ingiusto supplimento a un'ingiusta tortura: l'una e l'altra volute, pensate, studiate dai giudici, piuttosto che far quello ch'era prescritto, non dico dalla ragione, dalla giustizia, dalla carità, ma dalla legge: verificare il fatto, facendolo spiegare alle due accusatrici, se pur la loro era accusa e non piuttosto congettura; lasciandolo spiegare all'imputato, se pur si poteva dire imputato; mettendo questo a confronto con quelle.

L'esito dell'impunità promessa al Baruello non si potè vedere, perchè costui morì di peste il 18 di settembre, cioè il giorno dopo un confronto sostenuto impudentemente contro quel maestro di scherma, Carlo Vedano. Ma quando sentì avvicinarsi la sua fine, disse a un carcerato che l'assisteva, e che fu un altro de' testimoni fatti citar dal Padilla: "fatemi a piacere di dire al Sig. Podestà, che tutti quelli che ho incolpati gli ho incolpati al torto; et non è vero ch'io habbi chiapato danari dal figliuolo del Sig. Castellano... io ho da morire di questa infermità: prego quelli che ho incolpati al torto mi perdonino; et di gratia ditelo al Sig. Podestà, se io ho d'andar saluo.

Et io subito", soggiunge il testimonio, "andai a referire al Sig. Podestà quello che il Baruello m'haueua detto."

Questa ritrattazione potè valere per il Padilla; ma il Vedano, il quale non era fin allora stato nominato che dal solo Baruello, fu atrocemente tormentato, quel giorno medesimo. Seppe resistere; e fu lasciato stare (in prigione, s'intende) fino alla metà di gennaio dell'anno seguente. Era, tra que' meschini, il solo che conoscesse davvero il Padilla, per aver tirato due volte di spada con lui, in castello; e si vede che questa circostanza fu quella che suggerì al Baruello di dargli una parte nella sua favola. Non l'aveva però accusato d'aver composto, nè sparso, nè distribuito unguenti mortiferi; ma solamente d'essere stato di mezzo tra lui e il Padilla. Non potevan quindi i giudici condannar come convinto un tale imputato, senza pregiudicar la causa di quel signore; e questo fu probabilmente quello che lo salvò. Non fu interrogato di nuovo, se non dopo il primo esame del Padilla; e l'assoluzion di questo tirò dietro la sua.

Il Padilla, dal castello di Pizzighettone, dov'era stato trasferito, fu condotto a Milano il 10 di gennaio del 1631, e messo nelle carceri del capitano di giustizia. Fu esaminato quel giorno medesimo; e se ci fosse bisogno d'una prova di fatto per esser certi che anche que' giudici potevano interrogar senza frodi, senza menzogne, senza violenze, non trovare inverisimiglianze dove non ce n'era, contentarsi di risposte ragionevoli, ammettere, anche in una causa d'unzioni venefiche, che un accusato potesse dir la verità, anche dicendo di no, si vedrebbe da questo esame, e dagli altri due che furon fatti al Padilla.

I soli che avessero deposto d'essersi abboccati con lui, il Mora e il Baruello, avevano anche indicati i tempi; il primo all'incirca, il secondo più precisamente. Domandaron dunque i giudici al Padilla, quando fosse andato al campo: indicò il giorno; di dove fosse partito per andarci: da Milano; se a Milano fosse mai tornato in quell'intervallo: una volta sola, e c'era rimasto un giorno solo, che specificò ugualmente. Non concordava con nessuna dell'epoche inventate dai due disgraziati. Allora gli dicono, senza minacce, con buona maniera, *che si metta a memoria* se non si trovò in Milano nel tal tempo, nel tal altro: risponde ogni volta di no, rapportandosi sempre alla sua prima risposta. Vengono alle persone, e ai luoghi. Se aveva conosciuto un Fontana bombardiere: era il suocero del Vedano, e il Baruello l'aveva nominato come uno di quelli che s'eran trovati al primo abboccamento. Risponde di sì. Se conosceva il Vedano: di sì ugualmente. Se sa dove sia la Vetra de' Cittadini e l'osteria de' sei ladri: era lì che il Mora aveva detto esser venuto il Padilla, condotto da don Pietro di Saragozza, a fargli la proposta d'avvelenar Milano. Rispose che non conosceva nè la strada, nè l'osteria, neppur di nome. Gli domandano di don Pietro di Saragozza: questo non solo non lo conosceva, ma era impossibile che lo conoscesse. Gli domandano di certi due, vestiti alla francese; d'un cert'altro, vestito da prete: gente che il Baruello aveva detto esser venuti col Padilla all'abboccamento sulla piazza del castello. Non sa di chi gli si parli.

Nel secondo esame, che fu l'ultimo di gennaio, gli domandan del Mora, del Migliavacca, del Baruello, d'abboccamenti avuti con loro, di danari dati, di promesse fatte; ma senza parlargli ancora della trama a cui tutto questo si riferiva. Risponde che non ha mai avuto che far con costoro, che non gli ha mai nemmen sentiti nominare; replica che non era a Milano in que' diversi tempi.

Dopo più di tre mesi, consumati in ricerche dalle quali, come doveva essere, non si cavò il minimo costrutto, il senato decretò che il Padilla fosse costituito reo con la narrativa del fatto, pubblicatogli il processo, e datogli un termine alle difese. In esecuzione di quest'ordine, fu chiamato ad un nuovo ed ultimo esame, il 22 di maggio. Dopo varie domande espresse, su tutti i capi d'accusa, alle quali rispose sempre un no, e per lo più asciutto, vennero alla narrativa del fatto, cioè gli spiattellarono quella pazza novella, anzi quelle due. La prima, che lui costituto aveva detto al barbiere Mora, *vicino all'hostaria detta delli sei ladri, che facesse un ontione... et che dovesse prender la detta ontione, et andar a bordegare* (impiastrare); e che, in ricompensa, gli aveva dato molte doppie; e don Pietro di Saragozza, per suo ordine, aveva poi mandato il detto barbiere a riscotere altri danari dai tali e tali banchieri. Ma questa è ragionevole in paragon dell'altra: che *esso Sig. Constituto* aveva fatto chiamar sulla piazza del castello Stefano Baruello, gli aveva detto: *buon giorno, Sig. Baruello; è molto tempo che desideravo parlar con voi*; e, dopo qualche altro complimento, gli aveva dato venticinque ducatoni veneziani, e un vaso d'unguento, dicendogli ch'era di quello che si faceva in Milano, ma che non era perfetto, e bisognava *prendere delli ghezzi et zatti* (de' ramarri e de' rospi) *et del vino bianco*, e metter tutto in una pentola, *et farla bollire a concio a concio* (adagino adagino), *acciò questi animali possino morire arrabbiati.* Che un prete, *qual viene nominato per Francese dal detto Baruello*, e era venuto in compagnia del costituto, aveva fatto comparire *uno in forma d'huomo, in habito di Pantalone*, e fattolo al Baruello riconoscere per suo signore; e, scomparso che fu, il Baruello aveva domandato al costituto chi era colui, e quello gli aveva risposto ch'era il diavolo; e che, un'altra volta, lui costituto aveva dati al Baruello degli altri danari, e promessogli di farlo tenente della sua compagnia, se l'avesse servito bene.

A questo punto, il Verri (tanto un intento sistematico può far travedere anche i più nobili ingegni, e anche dopo che hanno veduto) conclude così: "Tale è la serie del fatto deposto contro il figlio del castellano, la quale, sebbene smentita da tutte le altre persone esaminate (trattine i tre disgraziati Mora, Piazza e Baruello, che alla violenza della tortura sacrificarono ogni verità), servì di base a un vergognosissimo reato[1]." Ora, il lettore sa, e il Verri medesimo racconta che, di questi tre, due furon mossi a mentire dalle lusinghe dell'impunità, non dalla violenza della tortura.

Sentita quell'indegnissima filastrocca, il Padilla disse: *di tutti questi huomini che V. S. mi ha nominato, io non conosco altro che il Fontana et il Tegnone* (era un soprannome del Vedano); *et tutto quello che V. S. ha detto che si legge in Processo per bocca di costoro, è la maggior falsità et mentita che si trouasse mai al mondo; nè è da credere che un Cavagliero par mio hauesse, nè trattato, nè pensato attione tanto infame come è questa; et prego Dio et sua Santa Madre, se queste cose sono vere, che mi confondano adesso; et spero in Dio che farò conoscere la falsità di questi huomini, et che sarà palese al mondo tutto.*

Gli replicarono, per formalità e senza insistenza, che si risolvesse di dir la verità; e gl'intimarono il decreto del senato che lo costituiva reo d'aver composto e distribuito unguento venefico, e assoldato de' complici. *Io mi meraviglio molto*, riprese, *che il Senato sij venuto a resoluttione così grande, vedendosi et trouandosi che questa è una mera impostura et falsità, fatta non solo a me, ma alla Giustitia istessa. Come un huomo di mia qualità, che ho speso la vita in seruitio di Sua Maestà, in diffesa di questo stato, nato da huomini che hanno fatto l'istesso, haueuo io da fare, né da pensar cosa che a loro, né a me portasse tanta nota et infamia? et torno a dire che questo è falso, et è la più grande impostura che ad huomo sij mai stata fatta.*

Fa piacere il sentir l'innocenza sdegnata parlare un tal linguaggio; ma fa orrore il rammentarsi l'innocenza, davanti a quegli uomini stessi, spaventata, confusa, disperata, bugiarda, calunniatrice; l'innocenza imperterrita, costante, veridica, e condannata ugualmente.

Il Padilla fu assolto, non si sa quando per l'appunto, ma sicuramente più d'un anno dopo, poiché l'ultime sue difese furono presentate nel maggio del 1632. E, certo, l'assolverlo non fu grazia; ma i giudici, s'avvidero che, con questo, dichiaravano essi medesimi ingiuste tutte le loro condanne? giacché non crederei che ce ne siano state altre, dopo quell'assoluzione. Riconoscendo che il Padilla non aveva punto dato danari per pagar le sognate unzioni, si rammentaron degli uomini che avevan condannati per aver ricevuto danari da lui, per questo motivo? Si rammentarono d'aver detto al Mora che una tal cagione *ha più del verisimile... che non è per hauer occasione di vendere, lui Constituto il suo elettuario, et il Commissario d'hauer modo di più lavorare?* Si rammentarono che, nell'esame seguente, persistendo lui a negarla, gli avevan detto *che si troua pure essere la verità?* Che avendola negata ancora, nel confronto col Piazza, gli avevan data la tortura, perché la confessasse, e un'altra tortura, perché la confessione estorta dalla prima diventasse valida? Che, d'allora in poi, tutto il processo era camminato su quella supposizione? Ch'era stata espressa, sottintesa in tutte le loro interrogazioni, confermata in tutte le risposte, come la cagione finalmente scoperta e riconosciuta, come la vera, l'unica cagion del delitto del Piazza, del Mora, e poi degli altri condannati? Che la grida pubblicata, pochi giorni dopo il supplizio di que' due primi, dal gran cancelliere, col parer del senato, li diceva "arriuati a stato tale d'empietà, di tradir per danari la propria Patria?" E vedendo finalmente svanir quella cagione (giacché nel processo non s'era mai fatto menzione d'altri danari che di quelli del Padilla), pensarono che del delitto non rimanevano altri argomenti che confessioni, ottenute nella maniera che loro sapevano, e ritrattate tra i sacramenti e la morte? confessioni, prima in contradizion tra loro, e ormai scoperte in contradizion col fatto? Assolvendo insomma, come innocente, il capo, conobbero che avevan condannati, come complici, degl'innocenti?

Tutt'altro, almeno per quel che comparve in pubblico: il monumento e la sentenza rimasero; i padri di famiglia che la sentenza aveva condannati, rimasero infami; i figli che aveva resi così atrocemente orfani, rimasero legalmente spogliati. E in quanto a quello che sia passato nel cuor de' giudici, chi può sapere a quali nuovi argomenti sia capace di resistere un inganno volontario, e già agguerrito contro l'evidenza? E dico un inganno divenuto più caro e prezioso che mai; giacchè, se prima il riconoscerli innocenti era per que' giudici un perder l'occasione di condannare, ormai sarebbe stato un trovarsi terribilmente colpevoli; e le frodi, le violazioni della legge, che sapevano d'aver commesse, ma che volevan creder giustificate dalla scoperta di così empi e funesti malfattori, non solo sarebbero ricomparse nel loro nudo e laido aspetto di frodi e di violazioni della legge, ma sarebbero comparse come produttrici d'un orrendo assassinio. Un inganno finalmente, mantenuto e fortificato da un'autorità sempre potente, benchè spesso fallace, e in quel caso stranamente illusoria, poichè in gran parte non era fondata che su quella de' giudici medesimi: voglio dire l'autorità del pubblico che li proclamava sapienti, zelanti, forti, vendicatori e difensori della patria.

La colonna infame fu atterrata nel 1778; nel 1803, fu sullo spazio rifabbricata una casa; e in quell'occasione, fu anche demolito il cavalcavia, di dove Caterina Rosa,

L'infernal dea che alla veletta stava[2],

intonò il grido della carnificina: sicchè non c'è più nulla che rammenti, nè lo spaventoso effetto, nè la miserabile causa. Allo sbocco di via della Vetra sul corso di porta Ticinese, la casa che fa cantonata, a sinistra di chi guarda dal corso medesimo, occupa lo spazio dov'era quella del povero Mora.

Vediamo ora, se il lettore ha la bontà di seguirci in quest'ultima ricerca, come un giudizio temerario di colei, dopo aver tanto potuto sui tribunali, abbia, per loro mezzo, regnato anche ne' libri.

---

1. Oss. § V, in fine.
2. Caro, trad. dell'Eneide, lib. VII.

CAPITOLO SETTE

Tra i molti scrittori contemporanei all'avvenimento, scegliamo il solo che non sia oscuro, e che non n'abbia parlato a seconda affatto della credenza comune, Giuseppe Ripamonti, già tante volte citato. E ci par che possa essere un esempio curioso della tirannia che un'opinion dominante esercita spesso sulla parola di quelli di cui non ha potuto assoggettar la mente. Non solo non nega espressamente la reità di quegl'infelici (nè, fino al Verri, ci fu chi lo facesse in uno scritto destinato al pubblico); ma pare più d'una volta che la voglia espressamente affermare; giacchè, parlando del primo interrogatorio del Piazza, chiama "malizia" la sua, e "avvedutezza" quella de' giudici; dice che, "con le molte contradizioni, palesava il delitto nell'atto che voleva negarlo"; del Mora dice parimenti, che, "fin che potè reggere alla tortura, negava, al solito di tutti i rei, e che finalmente raccontò la cosa com'era: *exposuit omnia cum fide*". E nello stesso tempo, cerca di fare intendere il contrario, accennando, timidamente e di fuga, qualche dubbio sulle circostanze più importanti; dirigendo, con una parola, la riflession del lettore al punto giusto; mettendo in bocca a qualche imputato parole più atte a dimostrar la sua innocenza, di quelle che aveva sapute trovar lui medesimo; mostrando finalmente quella compassione che non si prova se non per gl'innocenti. Parlando della caldaia trovata in casa del Mora, dice: "fece principalmente grand'impressione una cosa forse innocente e accidentale, del resto schifosa, e che poteva parer qualcosa di quello che si cercava". Parlando del primo confronto, dice che il Mora "invocava la giustizia di Dio contro una frode, contro una maligna invenzione, contro un'insidia nella quale si poteva far cadere qualunque innocente". Lo chiama "sventurato padre di famiglia, che, senza saperlo, portava su quell'infausto capo l'infamia e la rovina sua e de' suoi". Tutte le riflessioni che abbiamo esposte poco fa, e quelle di più che si posson fare, sulla contradizion manifesta tra l'assoluzion del Padilla, e la condanna degli altri, il Ripamonti le accenna con un vocabolo: "gli untori furon puniti ciò non ostante: *unctores puniti tamen*". Quanto non dice quell'avverbio, o congiunzione che sia! E aggiunge: "la città sarebbe rimasta inorridita di quella mostruosità di supplizi, se tutto non fosse parso meno del delitto".

Ma il luogo dove fa intender più chiaramente il suo sentimento, è dove protesta di non volerlo dire. Dopo aver raccontato vari casi di persone cadute in sospetto d'untori, senza che ne seguissero processi, "mi trovo", dice, "a un passo difficile e pericoloso, a dover dichiarare se, oltre quelli così a torto presi per untori, io creda che ci siano stati untori davvero... Nè la difficoltà nasce dall'incertezza della cosa, ma dal non essermi lasciata la libertà di far quello che pur si pretende da ogni scrittore, cioè ch'esprima i suoi veri sentimenti. Chè se io dicessi che non ci furono untori, che senza ragione si va a immaginar malizia degli uomini in ciò che fu punizion di Dio, si griderebbe subito che la storia è empia, che l'autore non rispetta un giudizio solenne. Tanto l'opinion contraria è radicata nelle menti, e la plebe credula al solito, e la nobiltà superba son pronti a difenderla, come quello che possano aver di più caro e di più sacro. Mettersi in guerra con tanti, sarebbe un'impresa dura e inutile; e per ciò, senza negare, nè affermare, nè pender più da una parte che dall'altra, mi ristringerò a riferir l'opinioni altrui[1]." Chi domandasse se non sarebbe stata cosa più ragionevole, come più facile, il non parlarne affatto, sappia che il Ripamonti era istoriografo della città; cioè uno di quegli uomini, ai quali, in qualche caso, può essere comandato e proibito di scriver la storia.

Un altro istoriografo, ma in un campo più vasto, Batista Nani, veneziano, che in questo caso non poteva esser condotto da nessun riguardo a dire il falso, fu condotto a crederlo dall'autorità d'un'iscrizione e d'un monumento. "Se ben veramente", dice, "l'immaginazione de' popoli, alterata dallo spavento, molte cose si figurava, ad ogni modo il delitto fu scoperto e punito, stando ancora in Milano l'iscrizioni e le memorie degli edifici abbattuti, dove que' mostri si congregavano[2]." Chi, non conoscendo altro di quello scrittore, prendesse questo ragionamento per misura del suo giudizio, s'ingannerebbe di molto. In varie ambascerie importanti, e in varie cariche domestiche, aveva avuto campo di conoscer gli uomini e le cose; e dà prova nella sua storia d'esserci non volgarmente riuscito. Ma i giudizi criminali, e la povera gente, quand'è poca, non si riguardano come materia propriamente della storia; sicchè, non c'è da maravigliarsi che, occorrendo al Nani di parlare incidentemente di quel fatto, non ci guardasse tanto per la minuta. Se alcuno gli avesse citata un'altra colonna, e un'altra iscrizione di Milano, come prova d'una sconfitta ricevuta da' veneziani (sconfitta tanto vera, quanto il delitto di *que' mostri*), certo il Nani si sarebbe messo a ridere.

Fa più maraviglia e più dispiacere il trovar lo stesso argomento e gli stessi improperi, in uno scritto d'un uomo molto più celebre, e con gran ragione. Il Muratori, nel "Trattato del governo della peste", dopo avere accennato diverse storie di quel genere, "ma nessun caso", dice, "è più rinomato di quel di Milano, ove nel contagio del 1630, furono prese parecchie persone, che confessarono un sì enorme delitto, e furono aspramente giustiziate. Ne esiste tuttavia (e l'ho veduta anch'io) la funesta memoria nella Colonna infame posta ov'era la casa di quegli inumani carnefici. Il perchè grande attenzion ci vuole affinchè non si rinnovassero più simili esecrande scene." E quello che, non toglie il dispiacere, ma lo muta, è il veder che la persuasione del Muratori non era così risoluta come queste sue parole. Chè, venendo poi a discorrere (e si vede che è ciò che gli preme davvero) de' mali orribili che posson nascere dal figurarsi e dal credere tali cose senza fondamento, dice: "si giunge ad imprigionar delle persone, e per forza di tormenti a cavar loro di bocca la confession di delitti ch'eglino forse non avranno mai commesso, con far poi di loro un miserabile scempio sopra i pubblici patiboli". Non par egli che voglia alludere ai nostri disgraziati? E quello che lo fa creder di più, è che attacca subito con quelle parole che abbiam già citate nello scritto antecedente, e che, per esser poche, trascriviam qui di nuovo: "Ho trovato gente savia in Milano, che aveva buone relazioni dai loro maggiori, e non era molto persuasa che fosse vero il fatto di quegli unti velenosi, i quali si dissero sparsi per quella città, e fecero tanto strepito nella peste del 1630[3]." Non si può, dico, fare a meno di non sospettare che il Muratori credesse piuttosto sciocche favole quelle che chiama "esecrande scene", e (ciò che è più grave) innocenti assassinati quelli che chiama "inumani carnefici". Sarebbe uno di que' casi tristi e non rari, in cui uomini tutt'altro che inclinati a mentire, volendo levar la forza a qualche errore pernicioso, e temendo di far peggio col combatterlo di fronte, hanno creduto bene di dir prima la bugia, per poter poi insinuare la verità.

Dopo il Muratori, troviamo uno scrittore più rinomato di lui come storico, e (ciò che in un fatto di questa sorte parrebbe dover rendere il suo giudizio più degno d'osservazione di qualunque altro) storico giureconsulto, e, come dice di sè medesimo, "più giureconsulto che politico[4]", Pietro Giannone. Noi però non riferiremo questo giudizio, perchè è troppo poco che l'abbiam riferito: è quello del Nani che il lettore ha veduto poco fa, e che il Giannone ha copiato, parola per parola, citando questa volta il suo autore appiè di pagina[5].

Dico: questa volta; perchè il copiarlo che ha fatto senza citarlo, è cosa degna d'esser notata, se, come credo, non lo fu ancora[6]. Il racconto, per esempio, della sollevazione della Catalogna, e della rivoluzione del Portogallo, nel 1640 è, nella storia del Giannone, trascritto da quella del Nani, per più di sette pagine in 4°, con pochissime omissioni, o aggiunte, o variazioni, la più considerabile delle quali è d'aver diviso in capitoli e in capoversi un testo che nello scritto originale andava tutto di seguito[7]. Ma chi mai s'immaginerebbe che l'avvocato napoletano, dovendo raccontare altre sollevazioni, non di Barcellona, nè di Lisbona, ma quella di Palermo, del 1647, e quella di Napoli, contemporanea e più celebre, per la singolarità e per l'importanza degli avvenimenti, e per Masaniello, non trovasse da far meglio, nè da far più che di prendere, non i materiali, ma la cosa bell'e fatta, dall'opera del cavaliere e procurator di san Marco? Chi l'anderebbe a pensare soprattutto dopo aver lette le parole con le quali il Giannone entra in quel racconto? e son queste: "Gli avvenimenti infelici di queste rivoluzioni sono stati descritti da più autori: alcuni gli vollero far credere portentosi, e fuor del corso della natura: altri con troppo sottili minuzie distraendo i leggitori, non ne fecero nettamente concepire le vere cagioni, i disegni, il proseguimento, ed il fine: noi per ciò, seguendo gli scrittori più serj e prudenti, gli ridurremo alla lor giusta e natural positura." Eppure ognuno può vedere, facendo il confronto, come, subito dopo queste sue parole, il Giannone metta mano a quelle del Nani[8], frammischiandoci ogni tanto, e specialmente sul principio, qualcheduna delle sue, facendo qua e là qualche cambiamento, alle volte per necessità, e nella stessa maniera che uno, il qual compri biancheria usata, leva il segno dell'antico padrone, e ci mette il suo. Così, dove il veneziano dice: "in quel regno," il napoletano sostituisce: "in questo regno;" dove il contemporaneo dice che vi "restano le fazioni quasi che intiere,„ il postero, che vi "restavano ancora le reliquie dell'antiche fazioni.„ È vero che, oltre queste piccole aggiunte o variazioni, si trovano anche in quel lunghissimo squarcio, come pezzi messi a rimendo, alcuni brani più estesi, che non son del Nani. Ma, cosa veramente da non credersi, son presi da un altro quasi tutti, e quasi parola per parola: è roba di Domenico Parrino[9], scrittore (alla rovescia di molt'altri) oscuro, ma letto molto, e fors'anche più di quello che sperava lui medesimo, se, in Italia e fuori, è letta quanto lodata la "Storia civile del regno di Napoli", che porta il nome di Pietro Giannone. Chè, senza allontanarci da que' due periodi di storia de' quali s'è fatto qui menzione, se, dopo le sollevazioni catalana e portoghese, il Giannone, trascrive dal Nani la caduta del favorito Olivares, trascrive poi dal Parrino il richiamo del duca di Medina vicerè di Napoli, che ne fu la conseguenza, e i ritrovati di questo per cedere il più tardi che fosse possibile il posto al successore Enriquez de Cabrera. Dal Parrino ugualmente, in gran parte, il governo di questo; e poi dall'uno e dall'altro, a intarsiatura, il governo del duca d'Arcos, per tutto quel tempo che precedette le sollevazioni di Palermo e di Napoli, e come abbiam detto, il progresso e la fine di queste, sotto il governo di D. Giovanni d'Austria, e del conte d'Oñatte. Poi dal Parrino solo, sempre a lunghi pezzi, o a pezzettini frequenti, la spedizione di quel vicerè contro Piombino e Portolongone; poi il tentativo del duca di Guisa contro Napoli; poi la peste del 1656. Poi dal Nani la pace de' Pirenei, e dal Parrino una piccola appendice dove sono accennati gli effetti di essa nel regno di Napoli[10].

Voltaire, parlando, nel "Secolo di Luigi XIV", de' tribunali istituiti da quel re, in Metz e in Brisac, dopo la pace di Nimega, per decidere delle sue proprie pretensioni sopra territori di stati vicini, nomina, in una nota, il Giannone con gran lode, com'era da aspettarsi, ma per fargli una critica. Ecco la traduzione di quella nota: "Giannone, così celebre per la sua utile storia di Napoli, dice che questi tribunali erano stabiliti a Tournai. Sbaglia frequentemente negli affari che non son del suo paese. Dice, per esempio, che, a Nimega, Luigi XIV fece la pace con la Svezia; e in vece questa era sua alleata[11]. "Ma, lasciando da parte la lode, la critica, in questo caso, non è dovuta al Giannone, il quale, come in tant'altri casi, non fece nemmen la fatica di sbagliare. È vero che nel libro dell'uomo "così celebre", si leggono queste parole: "Seguì poscia la pace fra la Francia, la Svezia, l'Imperio e l'Imperadore;" (nelle quali, del rimanente, non saprei se non ci sia ambiguità piuttosto che errore); e quest'altre: "Aprirono poscia", i francesi, "due tribunali, l'uno in Tournay, e l'altro in Metz; ed arrogandosi una giurisdizione non mai udita nel mondo sopra i principi lor vicini, fecero non solamente aggiudicare alla Francia, con titolo di dipendenze, tutto il paese che saltò loro in capriccio ne' confini della Fiandra e dell'Imperio, ma se ne posero in via di fatto in possessione, costringendo gli abitanti a riconoscere il re Cristianissimo per sovrano, prescrivendo termini, ed esercitando tutti quegli atti di signoria che sono soliti i principi di praticare co' sudditi." Ma son parole di quel povero ignorato Parrino[12], e non già stralciate da quel suo pezzo di storia, ma portate via insieme con esso: chè spesso il Giannone, in vece di star lì a cogliere un frutto qua e uno là, leva l'albero addirittura, e lo trapianta nel suo giardino. Tutta, si può dire, la relazion della pace di Nimega è presa dal Parrino; come in gran parte, e con molte omissioni, ma con poche aggiunte, il viceregno in Napoli del marchese de los Veles, nel tempo del quale quella pace fu conclusa, e col quale il Parrino chiude la sua opera, e il Giannone il penultimo libro della sua. E probabilmente (stavo per dir di certo), chi si divertisse a farne il confronto intero, per tutto il periodo antecedente della dominazione spagnola in Napoli, con la quale comincia il lavoro del Parrino, troverebbe per tutto, quello che noi abbiam trovato in varie parti, e, se non m'inganno, senza veder mai citato il nome di quel tanto saccheggiato scrittore[13]. Così dal Sarpi, senza citarlo punto, prende il Giannone molti brani, e tutta l'orditura d'una sua digressione[14]; come mi fu fatto osservare da una dotta e gentile persona. E chi sa quali altri furti non osservati di costui potrebbe scoprire chi ne facesse ricerca; ma quel tanto che abbiam veduto d'un tal prendere da altri scrittori, non dico la scelta e l'ordine de' fatti, non dico i giudizi, l'osservazioni, lo spirito, ma le pagine, i capitoli, i libri, è sicuramente, in un autor famoso e lodato, quel che si dice un fenomeno. Sia stata, o sterilità, o pigrizia di mente, fu certamente rara, come fu raro il coraggio; ma unica la felicità di restare, anche con tutto ciò (fin che resta), un grand'uomo. E questa circostanza, insieme con l'occasione che ce ne dava l'argomento, ci faccia perdonare dal benigno lettore una digressione, lunga, per dir la verità, in una parte accessoria d'un piccolo scritto.

Chi non conosce il frammento del Parini sulla colonna infame? Ma chi non si maraviglierebbe di non vederne fatta menzione in questo luogo?

Ecco dunque i pochi versi di quel frammento, ne' quali il celebre poeta fa pur troppo eco alla moltitudine e all'iscrizione:

Quando, tra vili case e in mezzo a poche
Rovine, i'vidi ignobil piazza aprirsi.
Quivi romita una colonna sorge
In fra l'erbe infeconde e i sassi e il lezzo,
Ov'uom mai non penetra, però ch'indi
Genio propizio all'insubre cittade
Ognun rimove, alto gridando: lungi,
O buoni cittadin, lungi, che il suolo
Miserabile infame non v'infetti[15].

Era questa veramente l'opinion del Parini? Non si sa; e l'averla espressa, così affermativamente bensì, ma in versi, non ne sarebbe un argomento; perchè allora era massima ricevuta che i poeti avessero il privilegio di profittar di tutte le credenze, o vere, o false, le quali fossero atte a produrre un'impressione, o forte, o piacevole. Il privilegio! Mantenere e riscaldar gli uomini nell'errore, un privilegio! Ma a questo si rispondeva che un tal inconveniente non poteva nascere, perchè i poeti, nessun credeva che dicessero davvero. Non c'è da replicare: solo può parere strano che i poeti fossero contenti del permesso e del motivo.

Venne finalmente Pietro Verri, il primo, dopo cento quarantasett'anni, che vide e disse chi erano stati i veri carnefici, il primo che richiese per degl'innocenti così barbaramente trucidati, e così stolidamente abborriti, una compassione, tanto più dovuta, quanto più tarda. Ma che? le sue "Osservazioni", scritte nel 1777, non furon pubblicate che nel 1804, con altre sue opere, edite e inedite, nella raccolta degli "Scrittori classici italiani d'economia politica". E l'editore rende ragione di questo ritardo, nelle "Notizie" premesse all'opere suddette. "Si credette", dice, "che l'estimazione del senato potesse restar macchiata dall'antica infamia." Effetto comunissimo, a que' tempi, dello spirito di corpo, per il quale, ognuno, piuttosto che concedere che i suoi predecessori avessero fallato, faceva suoi anche gli spropositi che non aveva fatti. Ora un tale spirito non troverebbe l'occasione d'estendersi tanto nel passato, giacchè, in quasi tutto il continente d'Europa, i corpi son di data recente, meno pochi, meno uno soprattutto, il quale, non essendo stato istituito dagli uomini, non può essere nè abolito, nè surrogato. Oltre di ciò, questo spirito è combattuto e indebolito più che mai dallo spirito d'individualità: l'*io* si crede troppo ricco per accattar dal *noi*. E in questa parte, è un rimedio; Dio ci liberi di dire: in tutto.

A ogni modo, Pietro Verri non era uomo da sacrificare a un riguardo di quella sorte la manifestazione d'una verità resa importante dal credito in cui era l'errore, e più ancora dal fine a cui intendeva di farla servire; ma c'era una circostanza per cui il riguardo diveniva giusto. Il padre dell'illustre scrittore era presidente del senato. Così è avvenuto più volte, che anche le buone ragioni abbian dato aiuto alle cattive, e che, per la forza dell'une e dell'altre, una verità, dopo aver tardato un bel pezzo a nascere, abbia dovuto rimanere per un altro pezzo nascosta.

fine.

---

1. pag. 107, 108.
2. Nani, Historia veneta; parte I, lib. VIII, Venezia, Lovisa, 1720, pag. 473.
3. Lib. I, cap X.
4. Istoria civile, etc. Introduzione.
5. Istoria civile, lib. XXXVI, cap 2.
6. Il Fabroni (Vitæ Italorum, etc., Petrus Jannonius), cita come scrittori dai quali il

Giannone “ha preso i passi interi, invece di ricorrere ai documenti originali, e senza confessarlo schiettamente, il Costanzo, il Summonte, il Parrino, e principalmente il Bufferio.” Ma par difficile che da quest’ultimo (che non abbiam potuto trovare chi sia) prenda più che dal Costanzo, del quale, “Se al principio risponde il fine e il mezzo”, deve aver intarsiata mezza, a dir poco, la storia nella sua; e più che dal Parrino, del quale dovremo dir qualcosa or ora.

7. Giannone. Ist. Civ. lib. XXXVI, cap V, e il primo capoverso del VI - Nani, Hist. Ven. parte I, lib. XI, pag 651-661 dell’edizione citata.
8. Giannone, lib. XXXVII, cap. II, III e IV. - Nani, parte II, lib. IV, pag. 146-157.
9. Teatro eroico e politico de’ governi de’ vicerè del regno di Napoli, etc. Napoli, 1692, tom. 2°; Duca d’Arcos. Il testo del Nani corre, con pochissimi e minuti cambiamenti, come abbiam detto, per sette capoversi del Giannone, l’ultimo de’ quali termina con le parole: "si richiedevano, e per supplire altrove, e per difendere il regno, grandissime provvisioni". E lì entra il Parrino con le parole: "Il vicerè duca d’Arcos, trovandosi angustiato dalla necessità del denaro", e via via, *paucis mutatis*, al solito, per due capoversi, e per mezzo circa il seguente. Dopo, ritorna il Nani e va avanti, prima solo, per un bel pezzo, poi alternato, e, per dir così, a scacchi, col Parrino. E c’è fino de’ periodi, messi insieme bene o male, ma con pezzi dell’uno e dell’altro. Eccone un esempio: "Così in un momento s’estinse quell’incendio che minacciava l’eccidio al regno; e ciò che apporto maggior maraviglia, fu la subita mutazione degli animi, che dalle uccisioni, da’ rancori e dagli odj passarono immantinente a pianti di tenerezza, ed a teneri abbracciamenti, senza distinzione d’amici, o d’inimici (Parrino, tom. II, pag. 425): fuorchè alcuni pochi, i quali guidati dalla mala coscienza, si sottrassero colla fuga, tutti gli altri restituiti a’ loro mestieri, maledicendo le confusioni passate, abbracciarono con giubilo la quiete presente (Nani, parte II, lib. IV, pag 157 dell’ediz. cit.)". Giannone, lib. XXXVII, cap IV, secondo capoverso.
10. V. Giannone, lib. XXXVI, cap VI, e ultimo; tutto il lib. XXXVII, che ha sette capitoli; e il preambolo del lib. seg. - Nani, parte I, lib XII, pag. 738; parte II, lib. III; IV; VIII - Parrino, t. II, pag. 296 e seg., t. III, pag 1 e seg.
11. Siècle de Louis XIV; chap. XVII, Paix de Ryswick, not. c.
12. Giannone, lib. XXXIX, cap. ultimo, pag. 461 e 463 del t. IV, Napoli, Niccolò Naso, 1723. - Parrino, t. III, pag. 553 e 567.
13. Fu poi citato spesso appiè di pagina in qualche edizione fatta dopo la morte del Giannone; ma il lettore che non sa altro, deve immaginarsi che sia citato come testimonio de’ fatti, non come autore del testo.
14. Sarpi, Discorso dell’origine, etc. dell’Uffizio dell’inquisizione; Opere varie, Helmstat (Venezia *t. I, pag 340. - Giannone, Ist. Civ. lib. XV, cap. ultimo.*
15. PROCUL. HINC. PROCUL. ERGO. BONI. CIVES. NE. VOS. INFELIX. INFAME. SOLUM. COMMACULET

Ebook ISBN 979-10-299-0838-5
Paperback ISBN 9798621667276
Hardcover ISBN 979-10-299-0839-2

www.ingramcontent.com/pod-product-compliance
Lightning Source LLC
LaVergne TN
LVHW090930250826
846485LV00002B/27

* 9 7 9 1 0 2 9 9 0 8 3 9 2 *